Dirección editorial:
Departamento de Literatura
Infantil y Juvenil

Dirección de arte:
Departamento de Imagen y Diseño GELV

Diseño de la colección:
Manuel Estrada

El 0,7% de la venta de este libro se destina al Proyecto «Mejora de la Calidad y oferta educativa del ciclo diversificado del Instituto Tecnológico Quiché de Chichicastenango (Guatemala)», que gestiona la ONG Solidaridad, Educación, Desarrollo (SED).

1ª edición, 12ª impresión, marzo 2010

Carretera de Madrid, km. 315,700
50012 Zaragoza
Teléfono: 913 344 883
www.edelvives.es

ISBN: 978-84-263-4967-5
Depósito legal: Z. 586-10

Talleres Gráficos Edelvives (50012 Zaragoza)
Certificados ISO 9001

Printed in Spain

FICHA PARA BIBLIOTECAS

MOURE, Gonzalo (1951-)
Los gigantes de la luna / Gonzalo Moure ; ilustraciones, Fernando Martín Godoy. – 1ª ed., 12ª reimp. – Zaragoza : Edelvives, 2010
113 p. : il. ; 20 cm. – (Ala Delta. Serie verde ; 14)
ISBN 978-84-263-4967-5
1. Saharauis. 2. Refugiados. 3. Enfermedades. 4. Amor adolescente. I. Martín Godoy, Fernando, il. II. Título. III. Serie.
087.5:821.134.2-31“19”

EDELVIVES

ALA DELTA

Los gigantes de la luna

Gonzalo Moure

Ilustraciones
Fernando Martín Godoy

Patri, no sabía por qué había escrito este libro.
Gracias por decírmelo. Te querré siempre,
y seguirás teniendo diez años siempre,
en ese bosque en el que juegas.

«Gigantes de luna
sentados en sus tumbas,
esperando al espíritu
que vela su eterno sueño.»

Limam uld Boicha

Todo empezó

con una pregunta:

—Pablo, ¿qué te parecería que trajéramos a un niño del Sahara para pasar el verano con nosotros?

Pablo abrió tanto los ojos como se habían abierto sus oídos al escuchar la palabra «Sahara». Aquella *hache* le hacía pensar en arena, en hombres oscuros, en misterios. Si le hubieran preguntado entonces no habría sabido señalar el Sahara en el mapa. En su mente Sahara evocaba Reyes Magos, lejanos desiertos... ¿de Asia?, ¿de África? O de Oriente, aunque tampoco sabía dónde estaba el Oriente, del que había oído hablar toda su vida...

—¿Un niño del... Sahara?

Su padre llamaba al coche «el confesionario». En realidad, las cosas importantes de la familia sólo se trataban en el coche, porque en casa no había tiempo nunca: el trabajo, el colegio, las compras, las reuniones, las visitas familiares, la tele, el ordenador, el baloncesto los sábados, estudiar, comer, madrugar, acostarse pronto...

—Sí, como los primos de Alicante —dijo su madre.

Pablo había pasado unos días de verano en su casa y oía hablar mucho de ellos, pero apenas los recordaba. Y, sí, también sabía que el verano anterior habían tenido con ellos a un niño saharaui de los campamentos de refugiados.

Se llamaba Salamo. De eso se acordaba, porque el nombre le gustaba: Salamo. Sonaba a sal y a risas. Había oído también que el tal Salamo era un gamberro. Les había dado un verano lleno de incidentes, pero se había convertido en uno más de la familia: el hermano saharaui, divertido y gamberro. El primer día que fue a la playa se embarcó en una piragua hinchable y se puso a remar para volver al Sahara. Le había tenido que rescatar la Cruz Roja, a mucha distancia ya de la playa. Y eso sin saber nadar, claro.

Pablo apoyó los codos en los asientos delanteros, enlazó las manos y puso la barbilla sobre sus dedos.

Era su postura favorita en el coche, la única que le permitía ver bien la carretera, espiar los movimientos de las manos de su padre conduciendo, el cambio de marchas, los pies en el embrague y en el acelerador...

Era también su «postura de pensar», como decía él. Y la de charlar, su particular genuflexión en el confesionario. En esa postura había prometido cien veces estudiar más, y en esa postura había explicado otras cien que sí, que intentaba estudiar, pero que se distraía por todo, que no lograba concentrarse y las horas se le iban.

—¿Y cómo se llama?

—Pero, Pablo, ¡no lo sabemos! —dijo su madre pacientemente. A sus once años Pablo seguía siendo, para ella, un niño. Con sus preguntas ingenuas y su inocencia intacta.

—Decimos un niño, no qué niño —apuntó su padre, Camilo, masticando las palabras. No era tan paciente como ella y se irritaba cuando Pablo hacía preguntas que para él no eran ingenuas, sino absurdas.

Cuando pasaba eso, cuando Camilo se impacientaba, Pablo se metía en su concha: se encogía de hombros y se quedaba en silencio. «El caracol mutante», le llamaba su padre.

—Te va a salir cáscara.

Y cuando el caracol mutante entraba en fase de encierro, no había nadie que le hiciera volver a salir. No, hasta que él quería.

Camilo dio dos golpecitos en el volante.

—Te lo he dicho, mamá. Pues nada, y ya está.

—Pero, Pablo —dijo ella volviéndose hacia Pablo y poniéndole una mano en la cabeza—. Pasarás un verano estupendo con él. Y él podrá disfrutar de cosas que allí no tiene.

Ana, la madre de Pablo, sabía pensar por él. Se daba cuenta de que estaba creciendo en un ambiente en el que todo resultaba demasiado fácil, sin problemas, y que necesitaba conocer otras realidades mucho más duras, como la de los saharauis, para no convertirse en un egoísta.

Pablo respondió a la caricia de su madre con una sonrisa, porque entendía que le había tendido un puente.

—Bueno... Y ¿dónde dormirá...?

El resto del viaje fue un sinfín de preguntas a las que Camilo y Ana respondían como podían. No sabían demasiado del Sahara, salvo que la mayor parte de su población vivía desde hace ya muchos años en campamentos de refugiados.

—Yo estaba en la mili, en Melilla, cuando tuvieron que abandonar su país —dijo Camilo—. Todo lo que les dieron fue un trozo de desierto en

Argelia, en el que no vivirían ni las cabras. Allí nacieron los padres del chaval que vendrá a casa.

—¿Y cómo se llaman?

—¡Pero Pablo!

Pablo se rió por el colmillo. Le gustaba hacerse el ingenuo, casi el tonto, o repetir preguntas de las que ya sabía la respuesta.

En su mente el amigo saharaui iba haciéndose más y más real. Como no sabía más nombres saharauis imaginó que también se llamaría Salamo, igual que el de Alicante. Con él, el verano podía ser distinto a todos. Las cosas de siempre, la playa, las excursiones y las romerías, adquirían perspectivas excitantes e insospechables. Tal vez les dejaran tener una tienda de campaña en la playa, como si fuera el desierto. Y dormir en el observatorio de la panera, y descubrir estrellas, y llevar rebaños de vacas, y...

—¿Entonces? —preguntó su padre interrumpiendo los pensamientos de Pablo—. ¿Qué dices?

Pablo sabía por experiencia que tampoco convenía demostrar demasiado entusiasmo por nada. Hundió aún más la cabeza entre los asientos y dijo en voz no muy alta:

—Bueno...

Durante un mes largo, coincidiendo con la época de exámenes, Pablo tuvo que luchar para apartar al niño saharaui de su mente, tratando de concentrarse en los estudios. Pero no podía. Salamo irrumpía en las páginas de lengua o en las fórmulas matemáticas como una especie de duende sin rostro, burlándose de todo aquello e invitándole a compartir aventuras arriesgadas, navegaciones peligrosas, noches estrelladas en el observatorio, galopes en caballos y camellos imaginarios.

Por eso fue todavía más dolorosa para Pablo la noticia: no sería un niño. Fue su madre la que se lo dijo un mediodía, cuando iban a comer: se trataba de una niña.

Se llamaba Naísma

y tenía 10 años.

—Mira.

Ana le enseñó la carta recién llegada. Pablo leyó las letras mayúsculas:

—NAÍSMA FADEL, NIÑA DE 10 AÑOS, FARSÍA B-3, SMARA.

Tardó en reaccionar. Miraba el papel en el que se disolvía el sueño de Salamo, su compañero de juegos. Una niña. Naísma. ¡Una niña!

—¡Pero me dijisteis que sería un niño!

Ana se sentó frente a él con la mesa por medio. Sostenía la carta en la mano y buscaba los ojos de Pablo, sin conseguirlo.

—Ya lo sé, Pablo. He llamado nada más llegar la carta, pensando que era una equivocación. Pero no lo es. Vienen más niñas que niños, han colocado a todas en casas en las que hay otras niñas para que no haya problemas, pero aún sobran dos o tres. Y nos ha tocado.

—¿Tocado? —dijo Pablo, levantando la cabeza y con una chispa de rabia en su voz—. ¿Como si fuera la lotería?

Ana prefería mantener una conversación como aquella a solas con Pablo. Él se sentía encerrado si los dos trataban de convencerle de algo juntos o si tenían que reñirle. Y cuando se sentía encerrado, Pablo se cerraba aún más. El caracol mutante.

—No es una lotería, ni tampoco un juego, Pablo. No te regalamos un cachorro de mastín; sacamos a un niño de los campamentos de refugiados durante el verano, le damos la oportunidad de tener durante dos meses lo que tú tienes durante doce. Y nada más. No es un juguete, Pablo.

—Y ¿dónde va a dormir?

Antes de acabar de hacer la pregunta ya sabía la respuesta: en su cuarto. Y él en la cama pequeña del cuarto de sus padres.

—Pero eso aquí. En Veredas hay muchas habitaciones.

Veredas era el nombre del pueblo en el que estaba la casa familiar que ocupaban en verano, en

Semana Santa y en los puentes largos. Una hermosa casa cerca del mar, con galpones, buhardillas, jardín y bosque. Además de su panera y su observatorio. El reino secreto de Pablo, aquel que pensaba compartir con Salamo, el Salamo de sus sueños. Pero ahora iba a estar ocupado por una niña que se llamaba...

Volvió a mirar el papel: Naísma. ¿Qué clase de nombre era ese? ¿Naísma? Sonaba a exageración, una especie de aumentativo. ¿Significaría algo como feísima, tontísima, antipatiquísima...?

No se dio cuenta, pero gruñía. Lo solía hacer cuando algo le irritaba mucho. Por suerte, aquel gruñido, una especie de crujido gutural y continuado que salía de lo más profundo de su garganta, no irritaba a su madre. Al contrario, le hacía gracia.

—Pablo... ¡no gruñas!

—¡No estoy gruñendo!

Sentía ganas de sonreír, pero no estaba dispuesto a hacerlo.

En el colegio, donde ya había alardeado, y mucho, de que iba a tener un «hermano» saharaui durante el verano, no dijo nada de Naísma. Le daba vergüenza y rabia al mismo tiempo.

En fin, pensaba Pablo, la niña saharaui se iría con sus primas de Veredas a jugar con muñecas y todo lo demás. La tendría que aguantar en casa, pero ya se encargaría él de poner tierra de por medio. Al menos, se decía, tal vez pudiera sacarle información interesante sobre el Sahara.

Y es que había oído hablar mucho del Sahara en las últimas semanas; lo había visto en la enciclopedia y en los mapas y resultaba muy interesante. Camellos, desierto, turbantes, tribus guerreras... De todo eso, imaginaba, algo sabría la tal Naísma.

Y Naísma llegó. Fueron a esperarla al aeropuerto, con un centenar más de familias.

Pablo espiaba a los hombres saharauis que organizaban aquello. Su piel era oscura y sus ojos negros. Pero así, con ropa occidental, no resultaban gran cosa.

No parecían los de las viejas fotos de la enciclopedia. Había confiado en que los saharauis irían al aeropuerto con turbante y montados en camellos. Pero llevaban pantalones vaqueros, polos de rebajas y sandalias de cuero. Y en lugar de los fusiles largos de las fotos, llevaban papeles con listas.

Cuando por fin se abrieron las puertas y aparecieron los niños saharauis, en fila, Pablo se llevó una decepción aún más grande. Eran pequeños, muy pequeños. Y flacos, flaquísimos. Lo miraban todo con ojos asustados. Sólo algunos reían y saludaban, dando saltos por encima de las cabezas de sus compañeros. Desde luego, no tenían aspecto de ser piratas del desierto, ni camelleros intrépidos. Ninguno de los que Pablo veía hubiera sido el Salamo de sus sueños.

En cuanto a las niñas, tímidas y huidizas como crías de gacela... Una de ellas debía de ser Naísma. ¿Cuál?

Los hombres de los papeles y la piel oscura iban leyendo el nombre que traía cada niño en un cartel colgado del pecho, buscaban en la lista y pronunciaban en voz alta el nombre de la familia española correspondiente. Algunos ya se conocían porque, en cuanto le tocaba el turno a un niño, antes de oír su nombre se adelantaban con los brazos abiertos hacia él.

A Pablo le sorprendía que los españoles lloraran cuando por fin lograban abrazar al niño saharaui. Lloraban como si les hubieran dado una mala noticia.

—¿Qué les pasa?

Camilo no respondió; esperaba cruzado de brazos, mirando con atención los rostros de todas las niñas saharauis. Fue Ana quien lo hizo:

—Ya han venido otros años. Lloran de emoción por volverse a ver, Pablo.

Pero él no imaginaba qué emoción podía ser aquella que les hacía llorar a todos. Todavía no.

Cuando escuchó su apellido, Pablo miró de inmediato a la niña que se apoyaba en las rodillas del saharaui. Era pequeña, como todas las demás. Pero sonreía tanto que deslumbraba. Su sonrisa era blanquísima, todo lo contrario que sus ojos, que recorrían los rostros de los adultos españoles en busca de su nueva familia. Camilo y Ana se adelantaron.

—¡Aquí!

Pero Pablo no se movió. No pensaba dar un paso por una niña, por muy saharaui que fuera. Vio cómo su madre se agachaba para darle un beso, mientras Camilo firmaba algo en un papel. La saharaui era... Pablo no hubiera sabido qué palabra usar: tal vez simpática. Llevaba el pelo recogido en una cola alta, y en él se veían reflejos rojizos. Tenía el cuerpo pequeño y delgado, pero muy proporcionado.

Ana y la pequeña se acercaron a Pablo. Mientras lo hacían, él se dio cuenta de que Camilo era apartado del grupo por uno de los saharauis, para hablar lejos de ellos.

—Pablo, esta es Naísma.

Naísma miraba a Pablo sin dejar de sonreír. Él dio un paso y le dio un beso en la mejilla sin que ella dijera nada.

Ana descargó sobre la niña una verdadera batería de preguntas. Naísma contestaba en un español

más que aceptable, con un lejano acento canario. Pronto lo aclaró: en los campamentos estudiaban español, y ella había pasado los dos veranos anteriores en Canarias.

No, no sabía por qué la habían mandado a Asturias.

¿Y su familia? Naísma desgranó una lista tan larga de hermanos y hermanas que Pablo estaba asombrado... Ninguno de ellos se llamaba, sin embargo, Salamo.

Camilo volvió con el gesto más serio aún que de costumbre. Forzó una sonrisa para volver a besar a Naísma. Pero mientras salían del aeropuerto permaneció en silencio.

Todo el equipaje que traía la pequeña era una mochila y, aunque Ana insistió en que la llevara Pablo, ella no aceptó. Parecía un poco angustiada y espiaba a Pablo de reojo.

Camilo había preferido ir directamente desde el aeropuerto a Veredas sin pasar por casa. Una buena noticia para Pablo, al que le horrorizaba la idea de dejarle su cama a una niña.

—Le agobiará menos que la ciudad, el tráfico, el ascensor, el séptimo piso... Hasta podría ponerse a llorar cuando viera lo alto que vivimos.

Naísma lo miraba todo con los ojos muy abiertos. Su expresión había cambiado al salir al aire libre, y en el coche había acabado de relajarse. Había estado en Las Palmas dos años, y había visto mucho ya, pero no había perdido la capacidad de asombro.

—¡Vacas!

Ana reía, feliz, porque era como recuperar al Pablo de los primeros años, cuando también se asombraba por todo.

—Pablo, explícale.

Pero Pablo se había sumido en un silencio lúgubre y miraba por la ventanilla sin hacer caso a Naísma. Cuestión de orgullo.

«Es una niña, es una niña, es una niña», repetía para sus adentros el caracol mutante, como si fuera una oración interminable. De vez en cuando, miraba hacia delante para ver los kilómetros que quedaban para llegar a Veredas. Veredas era la libertad y Naísma no le iba a privar de ella.

90 kilómetros. La libertad, la libertad, la libertad...

76 kilómetros. Es una niña, es una niña, es una niña...

52 kilómetros. Veredas, Veredas, Veredas...

Al llegar al pueblo Camilo ralentizó la marcha. Solía conducir siempre así, con el motor ronroneante, sin acelerar mucho las revoluciones, pero al acercarse a Veredas siempre exageraba la lentitud.

Le gustaba que Pablo se impacientara porque eso acrecentaba su deseo de llegar al lugar de sus sueños. Pero esta vez Pablo no decía nada.

El coche se deslizó por el túnel de árboles de sombra y se detuvo ante la verja de la casa.

Nada más oír el freno de mano, la última barrera para dejar atrás el curso escolar, la señal de que comenzaba el largo verano, Pablo abrió la puerta y salió disparado.

—¡Pablo! —gritó inútilmente su madre.

Camilo echó una mirada como un lazo hacia él, pero el lazo llegó tarde. Su hijo ya había traspasado la puertecilla contigua a la gran verja de la casa.

Naísma estaba asombrada ante la casa. Por la casa misma y por todo lo que la rodeaba.

Con su mochila de colores apagados por la arena y el sol de sus lejanos campamentos, parecía aún más pequeña y frágil. Ana buscó su mano para acompañarla en la entrada. Camilo abrió la verja y pasó a su lado con el coche, crujientes los neumáticos sobre la grava blanca.

No vieron a Pablo en toda la tarde más que de lejos y de modo fugaz: un relámpago flaco y espigado, una voz que anunciaba que se iba a ver a su amigo Samuel, que se bajaba al muelle, que iba a merendar algo, que dónde estaba el arco... Y nada más anochecer, Ana vio una luz de linterna en la panera. Era una especie de hórreo pequeño y estrecho, con tejado de pizarra y paredes de tablas, por las que se filtraba la luz. Allí tenía Pablo su telescopio, sobresaliendo por el techo, como en un auténtico observatorio de estrellas.

A Ana no le importaba mucho la ausencia de Pablo. Conocía muy bien a su hijo, y suponía lo que pasaba por su cabeza casi con exactitud. «Paciencia», se dijo.

Y se dedicó por completo a Naísma, al milagro de su descubrimiento de aquella nueva vida. No podía dejar de pensar en que era una nueva vida, pero prestada, temporal. Apenas dos meses, y tendría que volver a su dura realidad.

Camilo la sorprendió en esos pensamientos.

—¿Y Naísma?

—Se ha quedado dormida.

No había querido comer más que un poco de pan con queso y un vaso de leche, después de darse un buen baño. Ana todavía conservaba en sus retinas el brillo de su piel morena, la gracia de su cuerpo, la permanente sonrisa de sus labios, la dimensión casi imposible de sus ojos ante todos los asombros y los gozos que se le ofrecían.

Y Camilo habló.

A medida que le escuchaba, Ana sentía que el mundo se hundía bajo sus pies. El delegado saharaui le había dicho a Camilo que la niña estaba enferma. No había mucho que hacer y ya había recibido en Canarias toda la ayuda que podía recibir. Ahora sólo cabía esperar. Era una rara enfermedad que podía agravarse o desaparecer sin dejar rastro.

A Ana le pareció que la casa se vaciaba, que toda su vida se vaciaba. Conocía a Naísma desde hacía apenas cuatro horas y media, pero la noticia le afectaba como si se tratara de una hija.

—¡Es tan bonita!

Lloró sobre el hombro de Camilo sin sollozar, dejando que las lágrimas humedecieran su camisa. Y se dijo a sí misma que lucharía contra el dolor y la enfermedad dándole felicidad. Toda la que pudiera. Eso, todo lo que pudiera, incluía a Pablo.

LA PLAYA

fue el principio. Durante la mañana, Pablo desaparecía misteriosamente. Se perdía por la huerta buscando nidos, investigando hormigueros, lanzando flechas a enemigos imaginarios y trepando a su observatorio de la panera. Nunca había invitado a Naísma a subir a la panera, y su madre no había querido forzar tal cosa. Sabía por experiencia que Pablo se torcía cuando se le obligaba a hacer algo. El caracol mutante, el ermitaño autista. Y Ana no quería que el caracol mutante hiciera que Naísma se sintiera mal.

De momento, aceptaba que Naísma frecuentara a las primas de Pablo en su casa, o que ellas vinieran a jugar con ella. Sofía era un año y muchos centímetros —por todos lados— más grande que ella. Al menos Carmen era un poco más bajita y congeniaba bien con la pequeña saharaui.

—Saharahuía —precisaba la propia Naísma con una risa.

Sin embargo, Ana era muy consciente de que ni Sofía ni Carmen eran adecuadas para Naísma. Para Ana, el mundo de sus sobrinas era un mundo sólido, de certezas, sin dudas, sin carencias, un camino de rosas hacia la adolescencia y la juventud, hacia un horizonte que se le negaba casi por completo a Naísma. Y, además, a ella aquel mundo le parecía ñoño, repleto de mimos y de caprichos. Ana sabía muy bien que eran niñas que se querían convertir en mujeres prematuramente.

Naísma le parecía a Ana todo lo contrario: feliz por ser aún niña, consciente de su mala suerte, pero también de su buena suerte. Disfrutaba de la vida como Ana recordaba haber disfrutado de niña. Las cosas más sencillas y más bellas eran las que estaban ahí, listas para ser saboreadas, con la única condición de saber verlas. Una niña, con todas sus maravillosas consecuencias. Y austera: en sus gustos, en sus elecciones, en su comida, en la manera de estar, en el tono de su voz.

A Ana también le resultaba sorprendente que Naísma tuviera una educación tan equilibrada. Y tan encaminada hacia el respeto y el servicio a los demás, sin resultar nunca servil ni aduladora. Le parecía asombroso que hubiera recibido aquella educación en una cultura musulmana, y encima en un campamento de refugiados.

Era algo tan insospechado para ella que comenzó a preguntarse si los equivocados no serían ellos: Camilo, ella misma, su sociedad, si no estarían confundidos por los prejuicios sobre todo lo relacionado con los árabes.

Cuando iban a la playa, Pablo no tenía más remedio que convivir con Naísma. Mientras Camilo enseñaba a la pequeña a nadar, con una pequeña tabla flotadora y mucha disciplina, Pablo se entretenía en lo suyo. Buscaba restos de supuestos naufragios y pulpos esquivos entre las rocas y capturaba camarones con una red.

Pero luego, cuando la clase de natación terminaba, a Pablo no le desagradaba bañarse con Naísma. Porque no tenía más remedio, y también porque pasarlo bien en compañía de una niña era una experiencia nueva para él.

Ana había elegido una playa pequeña y recóndita, y no la playa de Veredas, para que Pablo no tuviera demasiado a mano a sus amigos. Y, también, para que Naísma no fuera absorbida por las primas. Allí no tenían más remedio que jugar juntos su hijo y la pequeña saharaui. Y lo hacían.

Las olas eran el juego preferido de Naísma. Reía con voz de cristal cuando la ola se acercaba, como una pared translúcida que amenazaba con desplomarse sobre su cabeza. Pablo alardeaba, se arrojaba de cabeza contra la ola y emergía al otro lado reluciente y triunfal. Pero Naísma se abandonaba, se dejaba engullir por la ola, hacía que su cuerpo menudo fuera un juguete en los dedos de espuma de la ola y reaparecía varios metros más cerca de la orilla, siempre riendo.

Entonces Pablo nadaba con estilo poderoso hacia ella, trazaba círculos a su alrededor y la invitaba a seguirle.

Naísma progresaba. Nadaba cada vez mejor, ante la atenta mirada de Camilo, que fingía leer un libro junto a Ana.

—¿Camilo, la ves?

—¿Veo, qué?

Pero Ana sabía que sí, que la veía. Y aparecía en sus labios una sonrisa.

—¿Es así la arena del Sahara?

Pablo y Naísma se habían tumbado en arena seca de la orilla, resoplando todavía.

—No hay arena en el *mojaya.*

—¿El *mojaya?*

—El campamento. Hay tierra. La arena la lleva el viento. Se mete en los ojos, en los oídos, en las lentejas y en el pan. Está en todos sitios, pero no está en ninguno.

Pablo no lograba imaginar cómo podía ser eso.

—Si hay arena, en algún sitio tiene que estar.

—Bueno, sí. Hay una duna, cerca de Ausserd.

—¿Ausserd? —el nombre le sonaba bien a Pablo, muy bien. A camellos y palmeras.

—Otro campamento. Yo soy de Smara —era delicioso escuchar la *ese* líquida en los labios de Naísma: *Sssmara...*

—¿Hay palmeras, en Ausserd?

—Yo sólo he visto palmeras en Canarias.

—¿Y cómo es la duna?

—Sólo fui una vez, cuando nos visitó mi familia de Canarias.

—¿Y cómo es?

Naísma se quedó en silencio. Miraba la arena delante de sus ojos.

—Blanca, enorme, suave, dulce.

Pablo jugueteó con la arena entre sus manos. Formó un pequeño montoncito.

—¿Así?

Naísma rió. Pablo sintió que enrojecía, porque

había sentido algo desconocido al oír una risa tan hermosa.

—¿No?

—No. Tapa el sol, cuando estás ante ella. Y esconde un misterio «muy grandísimo».

—Se dice «muy grande».

A veces, le gustaba parecer que era Camilo quien hablaba, corrigiendo, con gesto serio.

—No, este es no es muy grande, es «muy grandísimo».

Naísma hablaba un español muy gracioso, con errores deliciosos, pero Pablo se daba cuenta de que aquel no era ningún error.

—¿Qué misterio?

—Es un secreto.

No había brisa. La playa estaba tranquila, salvo por dos o tres chicos jóvenes que se pasaban un balón entre las olas. En ese momento, Pablo supo que

EL MISTERIO DEL QUE HABLABA LA NIÑA

saharaui era importante, que iba a ser importante en su vida. Pero no apremió a Naísma. El caracol mutante se retiró a su concha para degustar las dos palabras: «duna» y «misterio». Un misterio «grandísimo». Averiguaría de qué se trataba.

Hacerlo, sin embargo, le costó mucho. Tuvo que tragarse su orgullo, olvidarse de su soñado Salamo, de su compañero intrépido de juegos. Y tuvo que competir con sus primas para ganarse a Naísma.

Esa era la parte de la estrategia que más le gustaba, porque detestaba deportiva y resueltamente a Carmen y Sofía. No aguantaba sus cursilerías, sus aires de chicas mayores, sus secretos inútiles y sus sonrisas de superioridad.

Una vez cada verano, como una condena, era invitado al cumpleaños de Sofía. Ana y Camilo le obligaban a acudir con la ropa de la procesión del Carmen, el pelo recién cortado y un estúpido regalo entre las manos. Iba, no podía evitarlo.

Pero entonces sí que era el caracol mutante en su más hermética expresión. Se sentaba en una de las sillas del jardín, al sol si hacía frío y a la sombra si hacía calor, y dejaba pasar el tiempo con la mirada fija en, por ejemplo, un apasionante escarabajo negro. Ignoraba todo: juegos, meriendas y pasteles. Les echaría el diente, claro, pero era capaz de aguantar el hambre si el precio era confraternizar con el enemigo; es decir, con sus primas.

Y cuando llegaba, por fin, la hora de irse, besaba en silencio las mejillas sonrosadas de sus primas, y se marchaba con dignidad de príncipe ofendido.

—¿Dónde vas? —le preguntó una mañana a Naísma.

—Me han llamado Carmen y Sofía.

Naísma parecía sorprendida. Era la primera vez que Pablo se interesaba por lo que iba a hacer, salvo en la playa.

—¡Ah! —murmuró él—. Pensaba arreglar un poco el observatorio.

—¿El observatorio?

Naísma parecía interesada.

—Pienso hacer una fiesta.

—¿Una fiesta? ¿En el observatorio?

No necesitaba completar la pregunta, porque era obvio que el observatorio era bastante pequeño. ¿Cómo iba a celebrar una fiesta en él?

—Viene gente pequeña —dijo Pablo, enigmático, al tiempo que se dirigía hacia la zona más oscura del jardín.

Naísma no quería parecer tonta y no volvió a preguntar: ¿gente pequeña?

Contempló a Pablo alejándose y miró un instante hacia la verja de la casa. Carmen y Sofía esperaban por ella, era verdad; pero... ¿qué era aquello de gente pequeña? ¿Niños pequeños? No imaginaba a Pablo invitando a su observatorio a un montón de renacuajos, ni a los padres de los niños pequeños dejando que subieran a lo alto de una panera.

Sacudió la cabeza pensando: «cosas de Pablo». Pero dijo, antes de que él se alejara demasiado:

—¿Te ayudo?

Pablo se detuvo y se volvió hacia ella. Parecía juzgar la capacidad de Naísma para reparar observatorios.

—¿No te ibas con *esas?*

—¿Carmen y Sofía? —Naísma se encogió de hombros—. Prefiero ayudarte. Si tú quieres.

—Bueno... —contestó él, aparentando una perfecta indiferencia.

Una cosa era aceptar que Naísma entrara en su santuario y otra invitarla formalmente. Con la estratagema del arreglo, que maldita falta la que le hacía a su preciosa panera, había logrado su propósito sin rebajarse.

La panera estaba en un extremo del jardín, junto a la huerta. A Naísma le parecía una construcción muy extraña, colocada sobre dos columnas. En realidad, era un antiguo almacén para legumbres, patatas, manzanas, peras, maíz... Para que todo eso no fuera comido por los ratones, estaba construida en el aire, sobre sus dos columnas de obra. Sus paredes eran simples listones de madera, como rejas, que dejaban pasar algo de luz y de aire.

Era la primera vez que Naísma se acercaba a la panera, porque aún no se había atrevido. En realidad, esperaba a que, algún día, Pablo la invitara a su observatorio.

Y allí estaba, flanqueado por dos higueras de espeso ramaje. En su techo de pizarra se podía ver el extremo del telescopio, un tubo enfocado hacia el cielo.

Naísma nunca había mirado por un telescopio.

—¿Se ven las estrellas?

—Y los cráteres de la luna —contestó Pablo con acento misterioso.

Para subir al observatorio había que trepar por una cuerda en la que Camilo había hecho un nudo grueso cada dos palmos. Antes había una escalera muy sencilla, pero Pablo prefería la cuerda porque la podía quitar cuando estaba arriba.

—Quítate las sandalias.

Pablo trepó con agilidad, con sus largos tendones marcados en sus brazos. Con un último esfuerzo se aupó sobre la pequeña plataforma que hacía de porche, y en la que Pablo solía pasar muchas horas.

—Ahora tú.

Estiraba la mano hacia el vacío suponiendo que la tendría que ayudar. Pero Naísma subió sin aparente esfuerzo, colgándose de la mitad de la cuerda, levantando las rodillas hasta debajo de su barbilla, impulsándose con sus pies desnudos desde el segundo nudo, ayudándose de sus manos, y volviendo a impulsarse para llegar a la plataforma.

Antes de que Pablo pudiera reaccionar siquiera, ella estaba sentada a su lado contemplando el jardín, con los pies balanceándose por debajo de ellos.

Pablo tiró de la cuerda y la enrolló con cuidado sobre las tablas. Era su forma de decir: aquí ya no sube nadie más. Luego se inclinó, giró sobre sí mismo y se introdujo en la panera por su estrecha entrada.

—¿Pasas?

La panera era pequeña, estrecha y oscura. A Pablo le daba una reconfortante sensación de seguridad, de hogar, de refugio ante todo y ante todos.

Miró a Naísma con una profunda desconfianza de última hora. Nadie había entrado allí salvo él, su amigo Samuel y algunos compañeros de colegio que le habían venido a visitar. Pero ellos no contaban: había sido Camilo quien le había forzado a permitirles subir al observatorio. Y ni siquiera les había gustado. Uno incluso preguntó: «¿Y no hay tele?». Pablo le respondió con el silencio y el desprecio más absolutos.

Naísma se acomodó en el suelo, cerca de la entrada. Desde allí se veía la puerta principal de la casa, entre los acebos y los cipreses. Y lo que es más importante: se podía vigilar «al enemigo», es decir, el mundo de los adultos.

—Necesita un poco de barniz —dijo Pablo, paseando su mirada por el interior de la panera.

Allí estaban parte de sus antiguos juguetes: un triciclo, una bici pequeña, balones deshinchados y

arcos hechos por él mismo, cajas de aspecto incierto... Y el telescopio, erguido en su trípode, reluciente. Naísma ansiaba mirar a través de él, pero no dijo nada.

—¿Tienes barniz?

Pablo se encogió de hombros.

—En el taller de mi padre hay de todo.

Miró hacia la casa, por encima de Naísma.

—Luego —dijo por fin.

Naísma dudaba, pero al final se atrevió a preguntar:

—¿Qué gente pequeña vendrá?

Pablo adquirió un aspecto borroso. Su cara de no responder. Se volvía a sentir incómodo por haber dicho lo de la gente pequeña, por haber abierto una parte de su mente a aquella niña saharaui que había venido a destrozar su veraneo. En aquel momento, se arrepentía de haberla invitado a subir.

Pero recordó a tiempo que tenía algo que averiguar.

La miró. Si ella quería saber quién era la gente pequeña, él quería saber cuál era el misterio «muy grandísimo» que escondía la duna, en el Sahara. Era un buen trato: secreto por secreto.

Suspiró profundamente. Tanto que sus narices emitieron un pitido semejante al de una tetera hirviendo.

—A veces, por las noches, vienen duendes y cosas así.

—¿Qué son duendes? —preguntó Naísma, sinceramente interesada.

Pablo se lo contó. Le habló de los duendes de los cuentos y de los que habían poblado su mente y sus juegos años atrás, cuando era un niño. Ya no estaba muy seguro, pero durante años había pensado que eran reales. Unos, pequeños seres que vivían en el jardín, en pequeños subterráneos. Otros venían del espacio. Incluso había duendes indios, duendes marineros, duendes piratas, duendes monstruos y dinosaurios de duende.

A todos estos últimos los tenía en una caja, y eran aparentemente de goma y de plástico. Pero cuando se escondía la luna, se chistaban unos a otros, se removían en la caja y salían de ella. Pablo les daba galletas, magdalenas, chocolate y mermelada.

Naísma escuchó sin apenas parpadear. Ella también había soñado con sus propios juguetes, pero ya sabía que eran cosas de la infancia. Miraba a Pablo y se preguntaba si realmente aún conservaba aquellos sueños.

Trabajaron duro. Lijaron, clavaron puntas en los barrotes que se habían aflojado o torcido por el paso del tiempo, y barnizaron.

Cuando acabaron contemplaron la panera desde el camino. En silencio. Aún estaban cubiertos de sudor y olían a barniz, a trabajo.

Por la noche, volvieron a subir. Naísma pensó: «Por fin. Ahora, veré las estrellas y la luna».

Los grillos dialogaban en el jardín. Aleteos sordos, cuchicheos de lechuza en las copas de los cipreses... Y un lejano aroma de mar y verano.

Allí, en el porche minúsculo de la panera, las rodillas debajo de las respectivas barbillas, Pablo y Naísma hablaban. Con largas y serenas pausas, sin prisa.

—Es preciosa —dijo Naísma mirando la panera con los ojos muy abiertos. Pablo sintió que su antipatía hacia la pequeña saharaui seguía diluyéndose.

—¿Vendrá la gente pequeña?

Pablo se rió.

—Noooo —contestó tras la risa, con el gruñido que tanto gustaba a su madre—. Hace tiempo que no vienen. Los tengo ahí, pero ya no salen de la caja.

Era verdad: una caja de lata, de bombones Centenario, que Naísma había abierto creyendo que contenía brochas o algo así, pero que estaba repleta de soldados, piratas de goma, monstruos de plástico y dinosaurios de ojos muy abiertos. Pero quietos, todos quietos, verdaderos fantasmas de la infancia.

Naísma suspiró. Su suspiro se podía traducir: yo era más feliz cuando creía en los sueños.

Pablo comenzaba a sentir a Naísma como una amiga. No era un chico, pero había demostrado que era capaz de subir al observatorio como él. Y clavaba y pintaba con energía y habilidad.

Eso le hizo pensar en Salamo.

—¿Conoces a Salamo?

—¿Salamo?

De pronto, Pablo se sintió tonto. Como si todos los niños del Sahara se conocieran unos a otros...

—No, nada, es un niño que también es del Sahara...

—¡Ah, Slamo! —dijo Naísma riendo, deslizando la *ese* sobre la *ele*.

—¿Le conoces? —preguntó Pablo, repentinamente reanimado.

—¡Pero hay muchos Slamo!

—¡Ah!

Pablo no sabía qué más decir. Miró a su amiga.

—¿Y Naísma? ¿Hay muchas?

—No tantas.

Después de un silencio, añadió:

—Naísma quiere decir «pequeña estrella».

Saber que Naísma quería decir «pequeña estrella» hizo que Pablo sintiera aún más simpatía por ella. Aunque no habría sabido explicar por qué.

Miró hacia el cielo. Y decidió que una de aquellas estrellas era ella, «pequeña estrella».

—Vamos a buscar tu estrella. Tiene que ser pequeña —decía Pablo.

Y pensaba: «limpia, sonriente y pequeña, como ella misma».

Para Naísma, había llegado el gran momento. El cielo del desierto era un mar de estrellas. Solía pasear de noche sólo por verlas, por ver a la luz irreal de la luna. Siempre había soñado con acercarse a ellas. Y ahora lo iba a conseguir.

Pablo preparó el telescopio con gran parsimonia. Luego se sentó en una banqueta y se agachó.

—¿No miras hacia el cielo?

Pablo iba a reírse, pero se aguantó. Naísma no tenía por qué saber que los telescopios se pueden usar con un visor de espejo, para no tener que torcer el cuello hacia arriba.

—No, se ve por aquí. Mira.

Se apartó y dejó que Naísma aproximara su ojo derecho al visor. Al acercar la cabeza a la de él, Pablo pudo oler una mezcla de aromas de violetas y barniz. El de violetas era un olor repugnante para

Pablo: olor de niña. Pero el de barniz era otra cosa. En conjunto, no estaba tan mal.

—¿Qué ves?

—Un punto borroso.

—Es una nebulosa...

Y durante una hora Naísma viajó por el cielo: galaxias, planetas, grupos de estrellas, cúmulos... Pablo parecía saberlo todo del cielo. Hablaba en voz baja, imitando el tono de Camilo, su padre, cuando dos veranos antes le había mostrado por primera vez todas aquellas maravillas.

Enseñar a una niña no era el pasatiempo favorito de Pablo. Pero el secreto de Naísma, fuera cual fuera, bien merecía el sacrificio.

Ella reía de felicidad. Sus estrellas, por fin, cerca... Y la luna, con sus cráteres, sus lagunas grises, sus brillos plateados, sus pequeñas montañas...

Hasta que se acordó de «su estrella».

—¿Y la mía?

—Ah, sí —sonrió Pablo, en la oscuridad—. Déjame.

Eligieron un punto de luz cerca de la Osa Mayor. Una estrella minúscula y solitaria.

Satisfechos,

SALIERON AL PORCHE DE LA PANERA

y se sentaron. Fuera, la luz de la luna parecía la de un foco, después de tanta oscuridad.

—¿Habrá una que se llame Pablo?

Naísma sonrió al hacer la pregunta. Cuando sonreía, a pesar de las manchitas marrones que los afeaban un poco, sus dientes relucían.

—¿Pablo significa algo? —añadió.

Pablo no se lo había preguntado nunca. Dio vueltas a la palabra: Pablo, Pablo, Pablo.

—Hablo con *pe* —dijo por fin.

—¿Con *pe?*

—Psí, Pablo pcon pe —dijo Pablo, esforzándose en poner una *pe* antes de cada palabra—. ¿Pno plo poyes?

Las lechuzas se quedaron en silencio. La risa de una pequeña saharaui las había hecho callar.

Eso sucedió la noche antes de que Naísma hablara, por fin, del secreto.

Fue en la playa, una vez más.

El sol caía a plomo y ninguna nube turbaba la quietud del cielo, cosa rara en Veredas y en la comarca. La gente se bañaba o tomaba el sol.

Naísma se había sentado con los brazos en las rodillas y observaba el mar imposible. No se acostumbraba a verlo, pese a sus veranos en Canarias. Estaba allí, a su alcance, y le recordaba, a cada mirada, a sus abuelos y sus nostalgias: «El Sahara es el hermano del mar». En el Sahara había mar, y barcas, y pescadores, pero en los campamentos no. Sólo el mar de la memoria de los abuelos y la imaginación de los niños. Oía decir a los españoles, cuando visitaban los campamentos: «Parece que vaya a estar ahí, tras las colinas». Se referían al mar.

Pero Naísma ya sabía muy bien que no estaba. La *hammada*, el horrible trozo de desierto que les habían dado para instalar sus campamentos, estaba a cientos de kilómetros de su verdadera patria y del mar. La *hammada* no sólo era estéril y mala; era también cruel. Mentía acerca del mar, se reía de la gente.

—¿Qué parece?

Naísma volvió la vista hacia Pablo. Había hecho un gran montón de arena, durante casi una hora. Así era su amigo español: tenaz, incansable. Si hacía algo, lo hacía a conciencia.

—No sé. Un montón de arena.

Pablo miró hacia el sol, puso la mano al otro lado del montón de arena y comprobó que estaba en la sombra.

—Mira: túmbate.

Naísma obedeció riendo.

—Acércate más.

Pablo empujaba la cabeza de Naísma, hasta que sus ojos quedaron también en la sombra que proyectaba el montón.

—Ahora mira hacia arriba.

Naísma volvió a obedecer. Veía la arena amontonada a pocos centímetros de sus ojos.

—¿Eh? ¿Qué parece?

Y Naísma lo supo. Una sonrisa larga se dibujó en sus labios.

—El *gerd* —dijo en voz baja la niña, apenas musitando.

—¿Qué?

Pablo inclinaba el oído hacia ella.

—El *gerd.*

Era un sonido gutural.

—¿El *gerd?*

—La duna.

Pablo sonrió, triunfal. Su espalda se relajó mientras pasaba la palma de la mano suavemente por el lomo del montón de arena convertido en duna.

—¿Verdad?

—Sí.

Naísma comenzó a levantarse.

—¡No! ¡No te muevas!

No se movió.

—¿Me vas a contar cuál es el secreto?

Naísma se quedó en silencio. Jugó con sus dedos en la base de la pequeña duna. Al quitar arena de allí, la ladera se deshacía, y caían otros granos, en olas, desde la cresta. En sus oídos resonaban voces del pasado: niños jugando en la duna, antes de comer pinchos de camello y cuscús. Gritos de las niñas, ululando con la lengua, como hacían las mujeres adultas para celebrar algo.

Apoyó la cara en la mano. Pablo miró la arena pegada en su mejilla y sintió que un rayo le recorría las entrañas. Arena blanca sobre piel morena. Un dedo pugnaba por escaparse de su mano para acariciar la mejilla y desprender de ella los brillantes granos de arena. Reprimió el deseo mientras aguardaba la respuesta.

Y Naísma habló:

—No se lo debes decir a nadie. A nadie.

—No se lo diré.

Pablo contenía la respiración.

—Es... —dijo Naísma, aún dudando— un tesoro.

—¿Un tesoro? —Pablo tensó la espalda. En momentos como aquel aparecía una sonrisa inútil en su rostro—. Pero si me has dicho que en los campamentos sois muy pobres...

—Pues es verdad —repuso Naísma—. En la duna hay un tesoro escondido, un tesoro de plata.

Pablo no contestó. Le parecía

una fantasía infantil. Miró a su alrededor, diciéndose a sí mismo que había perdido el tiempo: el observatorio, tantas horas persiguiendo a una niña. ¡Él, un chico! Añoró al perdido Salamo, aunque no lo hubiera conocido siquiera. Un chico saharaui. Eso sí que hubiera estado bien. Jugarían, nadarían, llevarían rebaños de vacas, no estaría hablando de bobadas con una niña.

Pero su obstinado silencio fue un estímulo para Naísma. Se incorporó un poco y miró a los ojos de su amigo.

—Mi tía Magalis es una *guessena.*

Pablo pensaba en Salamo y en las aventuras perdidas. En ese momento navegaba con él por las pequeñas islas costeras, en una piragua de dos plazas, con un mapa para llegar al Sahara.

—¿Una qué?

—*Guessena*. Adivina las cosas. Una *guessena* es una adivinadora. Magalis lo es. Encuentra cosas, adivina secretos. Mira las jaimas y ve lo que esconden. Piensa en la gente, y también sabe lo que esconden. Mira a tus ojos y ve tu futuro.

—¿Ha visto el tuyo?

Naísma se quedó en silencio. Fue como si una nube pasara por sus ojos. Una nube oscura.

—No me lo ha dicho. Y eso es malo. Me acaricia siempre, siempre. Y eso me hace llorar por las noches. A mis hermanos no los acaricia. Con ellos ríe. A mí me mira seria. Intenta sonreír con los labios, pero sus ojos me miran tristes.

Pablo sintió un nudo en su garganta. No sabía qué quería decir aquello, pero le inquietaba. Pensó en la adivina adivinada. Esas palabras, así, exactamente, aparecieron en su mente. Esperó a que Naísma pasara el trago del recuerdo de los ojos tristes de su tía, la adivina adivinada, la *guessena*.

—¿Es una bruja?

Naísma rió. Un señor gordo, que bamboleaba su tripa camino del agua, se volvió al oírla.

—¡No! Hay brujas, también —dijo Naísma, haciendo que el hombre de la gran tripa se volviera aún más y estuviera a punto de pasar por encima de una señora tumbada en su toalla.

Naísma miró al señor, esperó a que se alejara y siguió:

—Pero las brujas son malas. Sorben la sangre de los niños. Les dan un hilo dulce para que lo chupen y ellas chupan por el otro extremo, hasta que los dejan sin sangre. Magalis no es bruja, es *guessena*. Y es muy buena.

Pablo esperó, pero se daba cuenta de que Naísma estaba en la nube de sus recuerdos.

—¿Y qué te dijo del tesoro? —preguntó al cabo de largos segundos.

Naísma pareció volver de lejos. Miró a Pablo y cambió de postura, apoyándose en la arena con una mano.

—Es un secreto.

Pablo sintió que la ira le subía por el pecho. ¿Eso iba a ser todo? ¿Le iba a salir otra vez con que era un secreto? Sintió que enrojecía, pero confió en que el sol ya hubiera enrojecido su piel antes. No dijo nada. El caracol mutante jamás decía nada en situaciones como aquella. Esperaba a que fueran los demás los que hablaran.

Y Naísma habló. En voz baja, tanto que Pablo no pudo evitar tener que inclinarse un poco, por encima de su duna, del montón de arena, para escucharla.

Naísma oía en su memoria la voz de Magalis hablando en hasanía, la lengua de los saharauis, intentando traducir toda su belleza, sin conseguirlo, al español:

—Hace miles de años, el Sahara era un mar, y los montes del desierto, islas. En ellas, en lo que es ahora el Tiris, vivía un pueblo antiguo y misterioso, los *hilialyin,* «los gigantes de la luna». Medían más de dos metros, y de ellos sólo quedan sus enormes tumbas en el sur del desierto. Promontorios con piedras largas clavadas en ellos, como dedos de los gigantes intentando arañar el cielo.

»Pero el mar se retiraba y la tierra se iba quedando seca. Los *hilialyin* embarcaron todas sus riquezas en el último barco y trataron de huir del desierto, hasta que el agua se fue secando y quedaron varados. Tuvieron que dejar el barco con lo que más pesaba, la plata, y se fueron siguiendo al mar, cargando sus pocas pertenencias.

»Nunca más se supo de ellos. El barco, repleto de plata, quedó en medio del desierto. Poco a poco, la arena fue cubriéndolo. Y así se formó la gran duna de Tinduf, el *gerd.*

»La duna se mueve por el desierto con el barco en su interior. Y con el tesoro, que está ahí, esperando a que los gigantes de la luna vuelvan un día a

por él. Si lo encuentran, porque la duna es la gran vela del barco repleto de plata y ha recorrido cientos de kilómetros desde el Tiris hasta aquí, metro a metro, grano a grano...

Silencio. Risas en la playa, una ola reventando sobre la orilla, aleteo de gaviotas.

Pablo miraba a Naísma desde la otra ladera de su duna pequeña. Con los ojos muy abiertos, repletos también de plata, como la lejana duna...

—Eso es lo que me dijo Magalis. Ahora, ya lo sabes.

Pablo guardó silencio, con los ojos entornados y los oídos aún saturados de palabras misteriosas.

En su mente

HABÍA EMPEZADO A GERMINAR UNA OBSESIÓN

que ha llevado a piratas y cazadores de tesoros, a lo largo de los siglos, a darlo todo por conseguir su objetivo. Recordaba haber leído *La isla del tesoro,* pero no se podía comparar la lectura con aquel sentimiento vivo.

Allí junto a él, apoyada en la misma arena que él, estaba su mapa del tesoro: Naísma.

—¿Es verdad? —preguntó todavía.

Naísma no respondió. Miró a Pablo a los ojos con una profundidad y una intensidad que él no había visto nunca, nunca. Y no necesitó la respuesta.

No volvieron a hablar del tema durante el resto del verano.

El tiempo se estropeó pronto, lo que era habitual en Veredas. El cielo se volvió gris y las playas se fueron quedando despobladas. La gente vagaba con aspecto fantasmal por el día, sin saber muy bien qué hacer, y sólo las verbenas nocturnas en Veredas y en los pueblos cercanos daban algo de animación a las vacaciones.

Sin embargo, Pablo prefería no ir a las fiestas. Se quedaba en el observatorio con una linterna y un libro.

Al principio, Naísma fue enrolada en el ejército de pequeñas aprendices de mujeres, con Carmen y Sofía al frente, y acudía a las verbenas.

Después de la cena Pablo veía a Naísma saliendo de la habitación con Ana, transformada en una belleza inquietante: el pelo recogido en una cola de equilibrio milagroso, lleno de reflejos rojizos de *henna*, la cara reluciente por el jabón y la sonrisa, a partes iguales, y la ropa nueva que remarcaba aún más su breve y fibrosa belleza.

Pablo se inclinaba sobre el postre ocultando su cabeza entre los hombros, arrojando miradas punzantes sobre su madre y sobre su amiga saharaui. No acababa de entender que una niña le pudiera parecer hermosa. Ese sentimiento le desconcertaba.

—Pablo, ¿por qué no te animas?

Su madre hacía la misma pregunta cada noche. Una pregunta que no merecía siquiera una respuesta del caracol mutante. Le esperaban libros excitantes para leer en su observatorio, *Bruno y la casa del espejo,* o los del enano de barba rojiza, Ulrico, siempre sorprendente y apasionante. Y su linterna, y las lechuzas del jardín, mucho más fieles que Naísma.

Ya en la oscuridad del observatorio, y a lo lejos, escuchaba la machacona y pueblerina música de la verbena. En algunos momentos, cuando el viento arrastraba una melodía lenta y melancólica, Pablo se sentía solo: no podía evitar pensar en Naísma y sus secretos de arena, en los chicos que la sacarían a bailar, en lo guapa que estaba y en su risa de caramelo.

Por eso, cuando una noche al inicio de la cena Naísma dijo que no le apetecía ir a la verbena, el caracol mutante casi se atraganta con la lechuga. Pero no abrió la boca. No movió la cabeza del refugio de los hombros, no levantó la vista mientras rogaba al cielo que nadie notara su rubor.

—¿Por qué? —Ana parecía defraudada.

Naísma no respondió, pero Ana miraba hacia Pablo, y creyó entender lo que pasaba.

—¡Ah! —exclamó entonces, como si alguien hubiera dicho algo.

—Déjala, mamá —dijo Camilo tratando de ocultar lo que se alegraba—. Si no le apetece, que no vaya.

Al acabar el postre, Pablo se levantó en silencio y se fue a su habitación. Poco después salió como cada noche, con su libro y su linterna. De reojo, vio la mirada de Naísma clavada en él. Pero siguió su camino.

Fuera, la noche traía presagios de lluvia. Apretó el paso hacia la panera mirando al cielo en busca de la luna. No estaba. Las nubes pasaban en jirones negros y grises por encima de los árboles. «Ojalá pase por agua la verbena», pensó.

Subió a la panera, entró en ella, colocó la linterna en su sitio, iluminando su regazo, y abrió el libro.

Pero no leía. Su oído, entrenado en el siseo de las lechuzas, vigilaba cualquier sonido en la grava.

Al principio fue un chasquido aislado. Luego el ruido se acompasó. Pasos. Apagó la linterna y esperó.

—¿Pablo?

La voz de Naísma al pie de la panera. Silencio.

—¿Pablo?

Por fin se incorporó, se asomó por la plataforma. Allí estaba, pequeña, sí, pero magnífica, había que reconocerlo. Y tampoco podía dejar de reconocer que sus ojos se veían incluso en medio de la noche. Algo extraño.

—¿Puedo subir?

—¿Traes libro?

—Sí.

Pablo dejó caer la cuerda y esperó. No mucho: Naísma subió en dos esfuerzos perfectamente coordinados.

Esa noche apenas hablaron. La linterna no daba mucha luz, pero era suficiente para los dos libros. Y así los que hablaron fueron los personajes de sus historias.

Aquella visita se repitió cada noche, hasta una semana antes del regreso de Naísma a sus campamentos. En la última miraron las estrellas, una vez más. Apenas se veían, entre las nubes. Cuando se abría un claro, Pablo enfocaba hacia él y, después de unos segundos, emitía murmullos de satisfacción:

—Sirio...

Naísma las miraba a ojo desnudo.

—Una noche verás mis estrellas y te darás cuenta de algo muy importante —dijo cuando las nubes se espesaron.

Pablo no entendió muy bien qué quería decir. No preguntó, a pesar de aquel intrigante «muy importante», pero guardó la frase. Se dijo que alguna vez lo entendería, sin tener que hacer preguntas.

Por el día compartían los juegos con Samuel, el amigo lugareño de Pablo. Apenas se habían visto aquel verano. Pero una mañana muy desapacible se encontraron con él en la playa.

Samuel opinaba que la playa era más divertida con mal tiempo que con sol, y Naísma y Pablo tuvieron que darle la razón. La playa estaba desierta, para ellos solos. Y los tres se acostumbraron a bañarse incluso bajo la lluvia.

Les gustaba sentirla entre las olas, ante la paciente mirada de Camilo, que mordía su bigote en la arena, debajo de un paraguas que resultaba fuera de lugar.

En realidad, Naísma fue el punto de reencuentro entre los dos amigos. Pablo había comenzado a alejarse de Samuel al mismo ritmo que se distanciaba de sus sueños más infantiles. Ya no le divertía mucho jugar a exploradores del jurásico, ni convertir fuentes en dinosaurios, ni papeleras en huevos de velocirraptor. Tampoco compartía ya con Samuel su pasión por los huevos de gallina brava, ni su obsesión con el cementerio de indios —en realidad la pomarada de su vecino, *el Comanchín*, llena de gallinas muertas en diferente grado de descomposición.

Pero Samuel miraba a Naísma con los ojos muy abiertos, como si esperara que entrara dentro de ellos subida en un camello, y descubría al tiempo que Pablo otros mundos más reales. Ninguno de los dos hablaba del tema, pero era evidente que trataban de entender los sentimientos y los latidos del corazón que la pequeña provocaba en su interior.

Paseaban por la costa, contemplaban atardeceres de nubes rotas, aceptaban de Camilo y Ana propuestas de caminatas por los montes de las que un año antes se hubieran escapado con excusas, sólo por ir con Naísma a descubrir el mundo.

Incluso visitaron iglesias y catedrales, toda una degeneración en su espíritu rebelde y aventurero. Siempre se habían resistido, heroicamente, a ese tipo de excursiones culturales. Pero compartirlas con Naísma les hacía, de pronto, aceptarlas hasta con entusiasmo.

Sin embargo, Pablo no le habló a Samuel nunca del tesoro de plata, ni de la *guessena,* ni de los gigantes de la luna. Era su secreto, algo que le hacía sentirse en una comunicación muda y muy especial con Naísma.

Una semana antes

de partir hacia los campamentos, Naísma se puso enferma. Primero perdió la sonrisa, luego el precioso color que había ido adquiriendo su piel y, por fin, las fuerzas. Cuando Ana se dio cuenta, Naísma se quedó en la cama y se desató una actividad frenética: médicos, visitas al hospital comarcal, caras largas, ojeras en el rostro de Ana, bigote masticado por Camilo. Y Naísma en su habitación, casi invisible.

Pablo quedó fuera de toda información. Ni le decían nada ni se atrevía a preguntar. Él no había tenido más que enfermedades leves, la gripe y algunas fiebres, y ni siquiera se le pasaba por la imaginación algo más grave.

Una vez al día, su madre le acompañaba a ver a Naísma. A ver su sombra. Cerca de la ventana, con la luz de la mañana bañando su rostro, Naísma no parecía la misma. Su piel, que siempre había sido una mezcla de luz y canela, había tomado una coloración gris. Sólo sus ojos y sus dientes, su sonrisa de cara entera, recordaban quién era.

—No hagas que hable —le pedía Ana a Pablo.

Y Pablo se limitaba a sentarse y a mirarla.

En una de aquellas visitas, Ana les dejó solos.

Naísma dormía. Pero después de un buen rato abrió los ojos y sonrió a Pablo. Pablo le devolvió la sonrisa sin saber qué hacer ni qué decir.

Y sin darse cuenta apenas de lo que hacía, dirigió su mano hacia la de Naísma, que reposaba sobre la colcha.

Al apretarla notó la respuesta de Naísma en forma de latido. Pablo había tenido crías de pájaro en las manos muchas veces: la mano de Naísma le recordó esa vida contenida y tibia, con pequeños movimientos nerviosos.

Cuando retiró su mano de la de su amiga se dio cuenta de que, salvo en la playa, cuando entraban en el mar a enfrentarse con las olas más grandes, nunca había estrechado su mano.

No hubo palabras. Naísma inclinó la cabeza desde su orla de almohada y fue cerrando despacio los ojos perezosos y apagados.

Ya en su cuarto, Pablo lloró. No entendía su propio llanto, pero tampoco lo contuvo.

Y la extraña enfermedad de Naísma se esfumó del mismo modo que había hecho su aparición: sin previo aviso. Al menos para Pablo.

Una mañana le despertó el barullo de la casa, que contrastaba con el silencio y los cuchicheos de los días anteriores. La voz de su madre sonaba alegre por el pasillo y alguien había puesto música en la radio, en la cocina. Pablo se incorporó en la cama y esperó. Y de pronto escuchó la risa de Naísma. Saltó de la cama y salió al pasillo en pijama.

—¡Pablo!

Su madre le miraba radiante desde la puerta de la habitación de Naísma.

—¡Corre, ven!

Entró en la habitación, un poco avergonzado por su aspecto de niño dormilón. Y allí estaba ella, con la sonrisa iluminando de nuevo su piel.

Naísma se levantó una hora después. Parecía que no hubiera pasado nada, que no hubiera estado enferma.

Pablo propuso ir a la playa aprovechando que hacía buen tiempo, pero Camilo le respondió con una de sus miradas fulminantes, como si hubiera dicho una palabrota en medio de un bautizo.

Se quedaron toda la mañana en el jardín, jugando al parchís y disfrutando de los rayos del último sol del verano.

Quedaba poco más de un día para que Naísma regresara a su casa.

—¿Vendrás a los campamentos?

—¿Yo?

—Sí, tú, en invierno.

Pablo tardó en responder. Durante un minuto se vio a sí mismo allí, en aquella tierra desconocida y pobre. Le pasaron por la imaginación un conjunto de temores e ilusiones: hambre, camellos, suciedad, niños como Salamo, calor, aventuras, peligros, Naísma, su tía la *guessena*... Y al final, la gran duna, el *gerd*, con su tesoro de plata.

—No sé si mis padres querrán...

—Verás mis estrellas —dijo Naísma, sonriendo. Y Pablo recordó la frase: «verás mis estrellas y te darás cuenta de algo muy importante».

—A lo mejor, no sé.

Era su manera de decir «sí».

Naísma se empeñó. Ana no puso mala cara, pero Camilo dijo que no.

—Volverás tú aquí, el año que viene —le dijo a Naísma.

Y no hubo quien le sacara de aquellas palabras. Naísma alegaba que muchas familias españolas iban a los campamentos en invierno, en vuelos colectivos, y que para su familia sería un honor recibirles en su jaima.

—Mataremos una cabra, y habrá carne y leche de camella, y...

Todo aquello sonaba de maravilla en los oídos de Pablo. Pero Camilo se mantenía firme.

Todavía en el coche, camino del aeropuerto, Pablo insistía:

—Papá, aprenderé a montar en camello. Y conoceré a Salamo, el que estuvo con los primos de Alicante, y tú podrás conocer el desierto, y...

Camilo no contestaba y Ana apenas se atrevía a intervenir. No habían logrado que Camilo retrocediera ni un palmo cuando llegaron a su destino.

Doscientas o trescientas personas llenaban el vestíbulo del aeropuerto, en el que corrían incansables un centenar de niños saharauis.

Utilizaban los carritos de los equipajes como improvisados vehículos, luciendo su ropa nueva y sus juguetes, su aspecto de niños bien alimentados y bronceados por el sol de las playas y las piscinas.

Pablo no pudo evitar recordar a los niños que habían llegado a aquel mismo vestíbulo, dos meses atrás: tímidos, acobardados, mal vestidos y peor alimentados...

Algunas familias habían empezado ya a despedirse de los pequeños del desierto. Lloraban con la cabeza en el pecho de algún familiar más sereno, miraban hacia sus niños, que se iban felices a su campamento...

En la cola, Naísma todavía insistió:

—Por favor, venid en invierno.

Ana sintió una enorme angustia en el pecho y no pudo evitar que sus ojos se llenaran de lágrimas. Apretó a Naísma contra su cuerpo y miró a Camilo. Pero él desvió la vista, con los brazos cruzados y el gesto adusto.

Pablo ya había comprendido que, en aquellos casos, pedirle algo una y otra vez a su padre, era como chocar contra una pared. Y guardaba silencio.

Observaba a los niños y quería pensar que se había perdido algo magnífico teniendo en su casa a una niña. Pero no lo lograba. Naísma era una niña, pero le había desvelado un secreto «muy grandísimo». Y tenía una tía que era bruja, o casi... Y le hacía sentir cosas que nunca antes había sentido: un erizamiento de la piel, una rara aceleración de los latidos del corazón, que a veces parecía volcarse dentro de su pecho, derramando algo dulce en él. Era una niña, sí, pero...

Cuando Naísma se incorporó a la cola de niños saharauis no parecía ya gran cosa: era de las más menudas y sólo se la reconocía por el reflejo rojizo de la *henna* en su pelo.

Hablaba con sus amigas, tal vez parientes, y de vez en cuando se volvía hacia Pablo, Ana y Camilo, y les saludaba con la mano y la sonrisa. Luego, la mano se transformaba en un avión que parecía volar hacia un lugar lejano, y que quería decir: «venid volando en invierno, venid...».

Pablo espió a Ana y a Camilo, después de uno de aquellos gestos. Ana asentía, con una sonrisa dulce en sus labios. Camilo parecía una esfinge. Pablo no sabía lo que quería decir «una esfinge», pero se lo había oído decir a su madre. Fuera lo que fuera, su padre parecía una esfinge. Imaginaba que era algo así como una estatua.

El avión fulguró en la pista, bajo el sol, y un estruendo hueco llegó hasta sus oídos. Allí se iban el verano, los sueños, el observatorio de noche, la playa, las olas, el secreto, la duna, el barco de plata, los gigantes de la luna, los camellos, el... Pablo no sabía cómo llamarlo. Era algo que sentía cada vez que miraba a Naísma, cada vez que pensaba en ella. Hacerlo le causaba un dolor extraño, como si le faltara la respiración, como si el corazón creciera dentro del pecho. Muy extraño.

El desierto

no era como Pablo había imaginado. Desde el autobús, parecía que alguien hubiera pasado la goma de borrar por el paisaje: nada.

En el aeropuerto argelino, Pablo había visto que, por fin, los hombres iban con turbantes negros. Algunas mujeres lucían brillantes ropas de colores, una especie de túnica que enrollaban desde la cabeza hasta los pies.

Tuvieron que esperar casi una hora con las bolsas en la mano, entre un tropel de españoles, saharauis aparentemente indiferentes y policías y soldados argelinos muy jóvenes. Pero una vez que salieron del aeropuerto y atravesaron la pequeña población de Tinduf en el autobús, todo había desaparecido.

Esforzándose mucho, Pablo distinguía algunos matojos en la inacabable extensión que pasaba por la ventanilla: un color ocre, un ambiente de desolación, un horizonte inalcanzable y un cielo sin brillo, sin sol, sin nubes visibles: nada.

Un español muy parlanchín dijo:

—Ahí la tenéis: la *hammada*. El desierto del desierto.

Pablo guardaba silencio mientras el parlanchín intentaba explicar lo inexplicable, como un maestro en una excursión.

La carta había llegado dos meses antes: Naísma había recaído y había sido conducida a su jaima, después de estar dos meses en un hospital de Argelia. A Pablo no le habían dicho nada más, pero intuía que aquella noticia, que Naísma estuviera en la jaima y no en el hospital, no era buena. Sobre todo porque su madre había pasado un par de días con los ojos enrojecidos, tratando de aparentar alegría.

—Pablo, vamos a ir a ver a Naísma a los campamentos.

Un camello, dos, un hombre con túnica azul y turbante...

Esa primera visión de lo que Pablo creía que era de verdad el desierto, le produjo cierta excitación. Por fin, un indicio de lo que podía encontrar allí: caminos sin marcar, rebaños de camellos, hombres oscuros... Aunque dos camellos, y menos aquellos, un poco flacos y deslucidos, no formaban lo que se podía llamar un rebaño.

De vez en cuando se cruzaban con un camión, o con un todoterreno viejo y vacilante, cargado de gente hasta los topes. Pablo vio a un grupo de niños saharauis en la caja de uno de los camiones. El autobús les adelantaba y ellos miraban con curiosidad a los ocupantes españoles del autobús. Saludaban.

—Pablo, ¡salúdales!

Pablo levantó la mano pálida y la apoyó en el cristal, mientras pensaba que tal vez alguno de aquellos niños fuera Salamo.

«Bienvenidos a Smara», se podía leer en un muro encalado hacía años. El muro era absurdo, una puerta a ningún sitio que acababa en ella misma. Junto a una garita, hombres y mujeres y algunos niños esperaban algo en cuclillas, viendo pasar el autobús.

Una vez que hubieron dejado atrás el puesto de guardia —así lo llamó Camilo, a pesar de que no habían visto ningún guardia—, Smara apareció ante sus ojos: una sucesión de tiendas de campaña enormes y muy tensas, de edificios de adobe del mismo color que la tierra, extrañas jaulas de hierros viejos y alambres, siluetas, niños, coches destartalados haciendo aflorar nubes de polvo, una colina...

Era muy grande, y a medida que el autobús se acercaba a Smara, esta crecía más y más a derecha e izquierda.

Desde una escuela, donde habían descendido del autobús, un hombre sin palabras les condujo, en un Land Rover renqueante, hasta la jaima de Naísma.

Pablo no podía creer que allí viviera su amiga. La jaima era una tienda rectangular, de un verde desvaído y polvoriento, a cuyos lados había dos o tres pequeños edificios de barro y un muro de poco más de un metro de altura.

Les esperaba una mujer joven, rodeada de niños, que se adelantó para saludar, en un español muy inseguro, a Ana y Camilo. Después de estrechar sus manos y de besar en la mejilla a Ana se dirigió a Pablo.

—¿Tú Pablo?

Sonreía, pero Pablo no fue capaz de devolverle la sonrisa. Ni siquiera dio un paso hacia ella. Devolvió el contacto de su mano sin entusiasmo y sin palabras. Observaba con preocupación al racimo de niños pequeños que le miraban con una mezcla de miedo y risas.

La mujer les invitó a pasar mientras levantaba el faldón de la puerta de la jaima.

Y al entrar en ella, inclinándose, todo cambió.

Al principio Pablo no veía nada, pero luego sus pupilas se agrandaron y dejaron pasar lo que parecía la imagen de un palacio oriental: las paredes, de tela, tenían un color naranja muy vivo, y el suelo estaba alfombrado. Dos inmensos troncos de bambú, de un palmo de ancho o más cada uno, parecían sostener aquel palacio en pie.

Y allí, entre alfombras, almohadas de colores y blancas pieles de oveja, estaba Naísma. Pablo la reconoció sin reconocerla. Estaba echada, dormida, y su cabeza reposaba sobre una almohada.

A su lado, un brasero de lata dejaba escapar una nube de humo tenue y aromático, casi embriagador.

No parecía Naísma. Su pelo no brillaba ni arrojaba a su alrededor la espuma de rizos que a Pablo tanto le gustaba, y no había sonrisa en sus labios apagados. Pero era Naísma.

La mujer joven, sin duda su madre, sacudió su hombro levemente, diciendo algo que sonaba parecido a Naísma:

—*Nssme*...

La pequeña abrió los ojos, inclinando la cabeza hacia Pablo, y la jaima pareció distinta. Tenía los ojos lánguidos, cansados, pero de ellos emanaba el mismo torrente de vida. Aunque fuera vida dormida.

—Pablo...

Sonreía y levantaba su mano, la misma que un día le había parecido un pájaro entre sus dedos. Pablo la tomó, venciendo la angustia.

Se sentaron a su alrededor. Ana trataba de mostrar alegría, Camilo hablaba lo justo, la mujer joven había comenzado a preparar el té en una bandeja brillante, y los niños se mantenían en la puerta.

Pablo y Naísma hablaban: de la playa, del observatorio, de los cráteres de la luna, de Veredas, de los libros que habían leído juntos, de Samuel y sus baños bajo la lluvia... Ahora Pablo tenía la sensación de que el tiempo no había pasado. Y ni siquiera le molestaba hablar, aunque poco, de las primas.

Sin embargo, cuando la madre de Naísma acabó de escanciar el té con gracia y parsimonia, y lo bebieron, todos se levantaron. Naísma debía dormir.

Habían preparado una habitación para los visitantes españoles, con colchonetas gruesas junto a las paredes, alfombras de colores, una mesita con botellas de refrescos y moscas. Su hogar, durante una semana.

Entre los numerosos hermanos de Naísma —Neyett, Zenebu, Salma, Brahim, Suleiman, Luali y otros que Pablo no recordaba— no había ninguno de la edad de Pablo, ni siquiera muy aproximada.

Aun así, casi todos acompañaron a Camilo, Ana y Pablo, a conocer el campamento. Era tan grande como parecía desde el autobús. La vista se perdía en una multitud inacabable de jaimas y pequeños edificios de adobe, aunque dos o tres calles muy anchas dividían los barrios. De vez en cuando, había algún edificio ancho y grande, muy encalado.

—Eso escuela, eso hospital —iban explicando los niños.

Y más allá, un mercadillo con puestos de verduras y objetos diversos, un taller de reparación de coches...

El campamento estaba rodeado por grupos de jaulas para las cabras y las camellas: jaulas construidas a base de material de desecho de coches y camiones, fantásticas, casi galácticas. No tenían nada de madera, porque allí no había.

—Madera buena para fuego.

Anduvieron entre las jaulas, Camilo haciendo fotos sin parar, Ana hablando con los niños, y Pablo soñando aventuras. El paseo se prolongaba ya dos horas y no habían visto más que una pequeña parte de Smara.

—Allí, huerto.

Era verdad, tras una línea parda, se veía una mancha verde y extensa.

—Mañana, huerto —decían los hermanos de Naísma, cada vez más cerca de Pablo.

Antes de volver a la jaima, pasaron junto a una colina, sin una sola mancha de vegetación, en la que jugaban grupos de niños.

En la parte más alejada del campamento, junto a la colina, había un pequeño cementerio. Pablo buscó entre las tumbas por si hubiera alguna gigantesca. Pero eran pequeñas, túmulos de arena rodeados de piedras, con alguna placa en la que se veían caracteres árabes y fechas.

En días sucesivos, Pablo subía a la colina en cuanto podía, y miraba hacia el horizonte, esperando descubrir la duna a lo lejos. Pero era inútil.

Se daba cuenta de que Naísma no le había engañado: había arena en todos sitios, sobre todo en el aire, en la comida y en la ropa, pero no había apenas rastro de ella en el desierto. Sólo se amontonaba en los pequeños patios formados por la jaima y los edificios de adobe, y en algunos rincones del campamento. El resto era un desierto sin gracia, sin belleza alguna.

Y, sin embargo, no lejos de allí, estaba la duna, una montaña de arena. Si supiera hacia dónde debía dirigirse, Pablo hubiera salido en su busca.

De noche, antes de dormir, Ana y Camilo aprovechaban que estaban los tres solos para que Pablo sacara alguna enseñanza del viaje: lo poco que tenían los saharauis en comparación con lo que tenía él, la necesidad de ayudarles, el ahorro, no gastar tontamente...

Un empeño inútil, porque apenas les escuchaba. Cerraba los ojos y soñaba con camellos, gigantes y tesoros.

En la jaima salía a relucir el niño occidental y caprichoso que ni Ana ni Camilo habían podido evitar criar. Lo intentaban, y en comparación con otros de su edad lo habían conseguido. Pero el contagio de los otros niños pesaba, a veces, más.

Como cuando, una noche, la madre de Naísma aseguró que su fulminante diarrea se curaría si se tomaba una especie de puré verde que a Pablo le horrorizó.

—Es *harira* —decía ella—. Muy buena para barriga.

Pablo no quería ni verla. Se había quedado

mientras sus padres daban una vuelta por el campamento y prefería esperar a que volvieran. Pero la insistencia de la madre de Naísma fue tal que, al fin, la probó.

Una cucharada. La pasó con gran esfuerzo, venciendo la repugnancia. Otra. Bueno, no estaba tan mal. Otra, y otra, y otra. Poco a poco, la *harira* desapareció de la taza. Al fin, hasta rebañó un poco con la cuchara.

Dejó la taza sobre la mesita, miró a la mujer y dijo, muy serio:

—Pues para lo asquerosa que creía que iba a ser, estaba muy buena.

La madre de Naísma se echó a reír dándose fuertes palmadas en los muslos. Aún reía cuando Ana y Camilo regresaron de su paseo. No explicó por qué.

Aquella misma noche, Pablo conoció, por fin, a Magalis.

Era joven y hermosa, a pesar de lo que había supuesto Pablo pensando en una «casi bruja». Vestía de negro y sonreía contagiosamente. Su dentadura era blanca y grande, y sus ojos, como había dicho Naísma, taladraron a Pablo.

Estaban todos en la jaima, acompañando el sueño de la pequeña. Alguien había puesto música saharaui en un casete desvencijado, y la conversación iba al mismo ritmo lento y delicioso de la música y el té.

Magalis se sentó junto a Naísma y puso la mano en su frente. Ni siquiera entonces dejó de sonreír, a pesar de que la niña dormía y no podía ver su sonrisa.

De vez en cuando miraba hacia Pablo, como si Naísma estuviera hablando a través de su frente y de los dedos de Magalis, contándole todo lo que habían disfrutado en el verano español. Pablo sentía que todos sus secretos estaban siendo desvelados. Pensaba en la duna, cuando Magalis habló:

—El *gerd.*

Pablo dio un respingo. ¿Leía en su mente? ¿O era una casualidad?

—Mañana hay excursión de niños españoles a la duna de Ausserd —añadió Magalis, dirigiéndose a Camilo y Ana. Equivalía a pedirles que dejaran ir allí a Pablo.

Pablo miró hacia sus padres. Sin demostrar ningún entusiasmo, sin decir nada. Con aparente indiferencia, incluso. Sabía muy bien que era la mejor forma de obtener las cosas.

—Es mejor que se quede aquí, con Naísma —dijo Ana.

Pablo no replicó. Sus neuronas se rebelaban, pero se obligó a continuar impasible. Y lo consiguió:

—Es bueno que Pablo vea todo —dijo Camilo.

¡Bien! Pablo siguió el vuelo de una mosca por encima de la bandeja del té.

Esperaba una demostración de los poderes de Magalis, pero no la hubo. Se limitaba a estar allí, cerca de Naísma. La pequeña despertó y sonrió al ver a su tía a su lado.

De inmediato buscó a Pablo con su mirada, y pareció inundarse de paz cuando comprobó que también estaba. No decía nada, pero los observaba alternativamente a Magalis y a él como si escuchara una conversación muda por debajo de la que mantenían los mayores.

Mientras Magalis estuvo en la jaima, Naísma permaneció despierta, e incluso contestó a lo que los demás le preguntaban. Pablo pensaba en lo maravilloso que sería que Naísma fuera con él a la duna de Ausserd. Pero sabía muy bien que era imposible. Y menos aún con los planes que empezaban a fraguar en su cabeza...

Por la noche, esos planes no le dejaban dormir. Si cerraba los ojos, se encontraba rodeado de tesoros de plata. Si los abría, tenía miedo. Si los volvía a cerrar, veía a gigantes de cuerpo pálido y fosforescente que le atrapaban con sus manos larguísimas... Se incorporaba, y todo estaba en silencio, salvo una especie de canción que llegaba de lejos, una voz cascada, crujiente como el suelo del desierto.

Pablo dio vueltas en su colchoneta, hasta que decidió salir del cuarto para despejarse. Lo hizo con sigilo, para no despertar a sus padres.

Fuera, a la luz de la luna, las jaimas parecían nevadas. Penumbra, estrellas, un par de siluetas que se deslizaban hacia algún lugar de la noche. Pablo deambuló por entre jaimas y edificios de adobe, llegó hasta las jaulas de las cabras y regresó zigzagueando a la jaima de Naísma. Y entonces la vio. Casi chocaron, en la semioscuridad.

—¡Naísma!

—Chssss —fue la contestación de la pequeña. Se había puesto un anorak grande y unas botas sin cordones. Su rostro, a la luz de la luna, parecía aún más pálido que en el interior de la jaima.

—¿Qué haces aquí fuera? —susurró Pablo, acercándose a ella y mirando, al mismo tiempo, a su alrededor.

—Salgo algunas noches, cuando todos duermen —contestó Naísma con una sonrisa pícara—. De día, no me dejan. Pero de noche me siento mejor, como si me volviera la sangre... Y quiero ver mi barrio, las jaimas de mis amigos...

Pablo sintió que la angustia le atenazaba el corazón ante la confesión tan ingenua de su amiga.

—Ven —dijo Naísma. Y tomó a Pablo de la mano. De nuevo aquel gorrión palpitante entre sus dedos.

A medida que caminaban se oía con más claridad la voz que había escuchado Pablo desde su cuarto, una salmodia interminable.

Naísma se llevó un dedo a los labios y señaló con la barbilla.

Estaban delante de una jaima de la que salía una luz muy débil. Dando un par de pasos, se situaron en un ángulo desde el que podían vislumbrar el interior. Allí, de perfil, un anciano sentado en el suelo sobre una piel de oveja cantaba una melodía sin apenas acentos. Una luz vacilante proyectaba su sombra sobre las paredes de lona. Pablo hubiera querido entender lo que decía la canción, o lo que fuera.

—¿Es una canción? —preguntó, acercando mucho la boca a la oreja de Naísma, sobre el cuello del anorak.

—No —susurró Naísma—. Está rezando.

Se quedaron en silencio, escuchando al anciano.

—¿Y qué dice? —volvió a preguntar Pablo.

Naísma pensó su respuesta durante un minuto.

—Lo que dice, da igual. Lo que quiere decir...

Pablo no comprendía.

—¿Qué quiere decir?

—Da las gracias.

—Las gracias, ¿a quién?

—A la noche por enviar a la luna, al sol que mañana saldrá. A la luna por su belleza, al sol por su luz, a la luz porque hará crecer la hierba, a la hierba porque alimentará a las camellas, a las camellas porque darán leche, a la leche porque dará vida...

La palabra «vida» quedó colgada de la noche. La mano de Naísma apretó la de Pablo. Por un momento se miraron a los ojos. Hasta que Pablo apartó la vista. Era incapaz de entender, aún, lo que sentía.

Volvieron en silencio, acariciados por la brisa que se empezaba a levantar y por la voz del anciano que se iba apagando lentamente.

Pablo levantó la mirada hacia el cielo. Miles de estrellas. Entonces, recordó las palabras de Naísma en Veredas.

—Ya he visto tus estrellas.

Naísma las miró un momento. Daba la impresión de estar cansada.

—Sí, pero aún no las has visto.

Pablo sacudió la cabeza. Empezaba a estar acostumbrado a que Naísma dijera cosas enigmáticas, pero aquello era demasiado. No se pudo aguantar:

—¿Cómo que no?

Señalaba con la nariz hacia el cielo.

Naísma rió con una carcajada, pero de inmediato se dio cuenta de que les podían oír. Encogió la cabeza entre los hombros y se llevó un dedo a los labios.

Pablo no repitió la pregunta.

Al llegar cerca de la jaima, caminaron de puntillas. Pablo sentía un extraño gozo acompañando a Naísma en aquella pequeña travesura.

—Buenas noches —dijo Naísma. Y, rápida como el parpadeo de una estrella, besó a Pablo en la mejilla.

Fue como una gota de fuego en la nieve. El beso quedó en la mejilla de Pablo, y aún estaba allí cuando, por fin, se quedó dormido en su cuarto.

Magalis acompañó a Pablo al camión que iba a llevar, a él y a los demás niños españoles, hasta la duna. Con ellos iban cinco o seis saharauis, hombres y mujeres. Cargaban en el camión bolsas y peroles, garrafas de agua y panes enormes.

—Naísma me ha hablado mucho de ti —le dijo Magalis.

Pablo no respondió. Podía haber dicho que Naísma también le había hablado mucho de ella. Pero de eso nada. Silencio. Viejas tácticas, nuevos triunfos. Que hablara ella.

El camión ya estaba listo, con todo cargado.

—¡Arriba, arriba! —gritaban los hombres.

—*¡Ialá!* (¡Vamos!) —jaleaban las mujeres desde la caja del camión, ayudando con sus manos a los niños españoles.

Uno de los hombres tocó el hombro de Pablo al pasar:

—Vamos, vamos.

Pablo comenzó a andar, pero Magalis le retuvo un instante. Se inclinó hacia él acercando su rostro hermoso, lleno de sonrisa y de mirada.

—Ten cuidado.

Pablo tragó saliva. Magalis sacó de entre su ropa un turbante negro.

—*Al zam* —dijo—. Bueno para calor, bueno para frío, bueno para arena, bueno para polvo...

Se lo puso: un extremo sobre su cabeza, y luego dos o tres giros en torno a ella, tapándole la nariz, la frente... Luego lo apretó:

—Así. Guapo. *Zein*. Ahora, tú.

Pablo se quitó el *zam* y repitió, solo, los movimientos, hasta que lo logró.

—Bien, bien, bien. Guapo: *zein*. Tú saharaui.

Rió y Pablo sonrió desde el secreto de su turbante. Le daba una sensación agradable, una dulce protección, la concha saharaui del caracol.

—Con *zam* nadie te ve, si tú no quieres.

Pablo interpretó que el turbante tenía poderes mágicos, sin darse cuenta de que con él puesto nadie le podía reconocer, porque no se le veían más que los ojos.

Magalis se puso seria, volvió a acercarse a él, y susurró:

—La duna es de los gigantes. Sólo de los gigantes. Ten cuidado con ellos.

Y soltó una carcajada de algodón.

Pablo subió al camión aupado por una mano. Miró a Magalis. Sola, con los brazos en las caderas y sus ojos negros marcando la dirección del misterio.

Pablo escuchaba su voz, en su mente: «ten cuidado, cuidado, la duna es de los gigantes, sólo de los...».

Durante el viaje, Pablo no habló con nadie. Apoyó los brazos en la barandilla de la caja del camión, y la cabeza en los brazos, envuelto en su *zam*. Observaba el desierto, algo tan desnudo y duro como nunca había podido imaginar. Pero hermoso, muy hermoso.

El terreno no era tan llano como Pablo había supuesto. Subieron lomas, bajaron rampas de arena, trazaron curvas aparentemente absurdas, siguieron huellas de otros camiones... A lo lejos, de vez en cuando, se veía un arbolillo solitario.

—¡Allí, allí, allí!

Señalaban hacia el horizonte. Y en medio del horizonte se levantaba una mancha blanca, reluciente bajo el sol, que fue creciendo y creciendo: el *gerd*.

El silencio de siglos de la duna se vio turbado por el griterío de los niños, de las mujeres saharauis que ululaban con sus lenguas.

—¡Hemos llegado! ¡Todos abajo!

La duna era inmensa. Como había dicho Naísma en la playa de Veredas, tapaba el sol. Una ladera blanca y pura, aunque pronto fue mordida por los pies descalzos de los niños españoles.

Pablo subió despacio, sin fatigarse. Con las plantas de sus pies creía sentir profundos misterios. Se mantuvo apartado del resto de los niños mientras ellos subían la cuesta de arena, entre olas blancas, para después dejarse caer deslizando, rodando, riendo...

Se sentó en la cresta y contempló la enorme superficie de la duna. La cresta era sinuosa, como la de un inmenso dinosaurio dormido. A lo lejos, las colinas temblaban. Y delante de ellas parecía haber lagunas. «Espejismo», se dijo Pablo, como si escuchara las explicaciones de su padre.

Pronto, junto al camión, las mujeres organizaron una cocina al aire libre. El olor de la carne a la brasa y de la leña llegaba hasta lo más alto de la duna.

—...comeeeeer!

Los niños fueron llegando desde todos los rincones de la duna, jadeantes, pero sin sudor. Pablo se sentó a la sombra del camión y esperó. Alguien le puso en las rodillas un plato con cuscús y verduras. Apenas lo probó. Pero luego empezaron a circular pinchos de carne de camello.

—*Smell*... —paladeaban las mujeres—. ¡Camello! Muy muy bueno.

Y era verdad. Pablo comió dos o tres pinchos y bebió agua caliente. Se sentía como un explorador en África. ¿Acaso no lo era? Sólo él

CONOCÍA EL SECRETO

que dormía allí mismo, debajo de los siglos y las incontables toneladas de arena.

Una vaharada de sueño recorrió el grupo. Conversaciones, voces cada vez más tenues, algunos niños dormidos en las mantas... Hasta que los más inquietos volvieron a sus juegos en las laderas de la duna.

La tarde se deslizó, como el sol, acariciando el lomo de la duna. Pablo aceptó un vasito de té. Lo bebió despacio, miró a su alrededor y lo guardó dentro de un bolsillo.

Casi atardecía ya cuando los hombres dieron por bueno el reembarque de los bultos y apagaron los fuegos en los que, incansables, habían hecho té mientras los niños jugaban.

Pablo, desde lo más alto de la duna, sintió que su corazón se aceleraba. Llegaba la hora de enfrentarse al misterio.

—*¡Ialáaaaaaaaa!* ¡Vamoooooooooos!

Pablo se tumbó. No veía a nadie, luego nadie le veía a él. Oía sus voces cerca, el rugido del motor del camión. Fue deslizándose hacia un pequeño escalón de la duna. Se ocultó tras él y apoyó la cabeza, envuelta en su turbante, en la arena. La brisa vibraba en su oreja.

El camión había arrancado. Iniciaba su esfuerzo, se relajaba. El sonido se alejaba hacia el campamento. Y dejaba un silencio desnudo en la duna.

Se incorporó. Vio el camión rodando, cada vez más pequeño, levantando una nubecilla de polvo y dejando a su paso dos rodadas brillantes. Miró a su alrededor con precaución: nada, nadie.

Contempló la duna ante él. Allí estaba por fin, con ella y su barco enterrado a su disposición. El explorador y su tesoro africano. Había soñado con aquel momento desde que Naísma le había hablado del barco cargado de plata.

Y sin embargo, ahora, sentía angustia.

Se encontraba solo en un lugar remoto y perdido, sin nadie alrededor. Y estaba encima de un tesoro

que pertenecía a un pueblo de gigantes, seres desconocidos cuyo solo pensamiento hacía que el corazón se le encogiera de miedo. Magalis había dicho: «Cuidado con los gigantes». ¿Y si volvían? ¿Y si estaban allí, vigilándole?

Volvió a inspeccionar el terreno, cada vez más inquieto. Pero nada se movía. El desierto que había visto en la televisión y en las enciclopedias, curiosamente, nunca estaba desierto: siempre había alguien en él. O un extranjero, o una caravana de camellos, o un todoterreno levantando polvo...

Allí no había nadie. Salvo él. Podía gritar, aullar, y nadie le escucharía.

Por un momento repasó sus escasos conocimientos para tratar de recordar si había leones en el desierto. No, sólo había leído algo acerca de gacelas.

Vagamente pasó por su cabeza el deseo de que el camión volviera, de que alguien se hubiera dado cuenta de que faltaba él. Pero el horizonte seguía vacío. Las montañas se iban oscureciendo, como prólogo de la noche. La noche que tanto había soñado, y que ahora le empezaba a atemorizar.

No podía hacer nada. Se acordó de Samuel. Si estuviera con él, todo sería distinto. Y si también estuviera Naísma, ella sabría qué hacer. Después de encontrarla fuera de la jaima por la noche había pensado que sólo se quedaría una parte del tesoro para él. Con el resto construiría un hospital. Entonces se sentía satisfecho de la idea, y hasta imaginaba el orgullo con el que sus padres recibirían la noticia.

Pero en medio de la angustiosa soledad de la duna, los sueños se iban yendo con la brisa. Y dejaban tras ellos un poso de miedo.

Su corazón dudaba entre la excitación por la proximidad del tesoro y el temor. Reunió el valor necesario para repetirse que ya estaba allí. Aquello no era un sueño de niño, ni un juego con Samuel.

Aspiró todo el aire que pudo y encontró cierto alivio. Ahuyentó el miedo cantando entre dientes. Su voz se perdía en la nada. Sí, ya estaba allí. Y el tesoro, también. Daría con él antes de que llegaran los gigantes de la luna.

¿Dónde estaría el barco? Seguramente en el centro, en la parte más alta de la duna. Según había dicho Naísma, Magalis aseguraba que la duna era la vela del barco enterrado... Allí, en la cumbre de la duna, debía de estar el mástil...

Sacó el pequeño vaso de cristal de su bolsillo y se dejó caer de rodillas en la arena.

El sol descendía y el desierto se incendiaba en los rosas y violetas del atardecer. Una última mirada hacia el horizonte. Nada, salvo las huellas de las rodadas del camión, líneas paralelas que se iban tiñendo de púrpura.

Comenzó a excavar con su pequeño vaso de vidrio. Arrojaba la arena por la ladera, la veía caer formando olas blancas y rosadas. Un vaso, diez, mil...

Se sentía fatigado y hambriento. Tenía la respiración agitada. Hizo una pausa, se desenrolló el turbante y se lo puso al cuello, recuperó el aliento y siguió excavando.

Cuando levantó la cabeza, era de noche. El crepúsculo apenas dura un instante, en África. Tenía frío, a pesar del esfuerzo. Respiró hondo una vez más. Había removido mucha arena, sí, pero apenas había hecho un hueco de medio metro de hondo, nada más que una huella en la cresta de la duna. No había ni rastro del barco de la plata, ni de su mástil siquiera. Y no había nadie para ayudarle.

Le invadió la congoja de nuevo. Se veía a sí mismo ridículo, intentando excavar con un vaso de cristal una duna levantada por los siglos. Era consciente de que jamás podría alcanzar el tesoro.

Se tumbó de bruces en la arena y sollozó. Añoraba a sus padres, deseaba que todo fuera un sueño, abrir los ojos y comprobar que estaba con Naísma en la playa de Veredas. Pero sólo se escuchaba el siseo de la brisa en la duna.

Quería volver, se daba cuenta de que estaba perdido y sentía un enorme desasosiego.

Sus sollozos debieron impedirle oír nada, porque cuando despegó sus manos de los ojos llenos de lágrimas, vio las luces.

Haces de luz que arrancaban destellos dorados a las curvas de la duna. Pablo se echó al suelo y ocultó la cabeza.

—Paaaablo... ¡Pablo!

Eran voces con un acento extraño, guturales, que parecían salir de las entrañas del desierto.

¡Los gigantes de la luna! *¡Hilialyin!*

Las luces y las voces se acercaban cada vez más. Pablo logró reunir la fuerza necesaria para incorporarse un poco, y se dejó caer rodando por la ladera. Al llegar abajo, echó a correr hacia el extremo más lejano de la duna.

Se ocultó detrás de una pequeña elevación de la arena y esperó conteniendo la respiración. Pero al cabo de un minuto volvió a ver las luces, aproximándose a él por la parte baja de la duna.

—¡Paaaaablo!

Amparado en las sombras, subió de nuevo la cuesta. Los pies se le hundían y el pánico le iba paralizando más y más. Cuando llegó a lo más alto descubrió otra luz en la otra ladera y comprendió que no podría escapar. Y que ni siquiera tenía un lugar al que huir.

En ese instante los vio: caminaban por la cresta hacia él, en silencio, tan altos que sus cabezas parecían enredarse en las puntas de fuego helado de las estrellas. Dos, tres... Sus largos brazos, sus largas túnicas...

—¡Paaaaablo!

No le veían. De pronto recordó a Magalis. Mientras le enseñaba a ponerse el turbante había dicho: «Con *zam* nadie te ve, si tú no quieres...».

Apresuradamente se lo quitó del cuello y se lo enrolló por la barbilla, por la frente y, por fin, por los ojos. No veía nada.

Se tumbó y contuvo la respiración, confiando en la magia del *zam* de Magalis.

—¿Pablo?

—Está ahí.

Les oía muy cerca. Cerró los ojos con fuerza, exprimiendo dos lágrimas que humedecieron el turbante.

Al sentir una mano que tocaba su cabeza no pudo evitar dar un respingo.

—Hola, Pablo...

Le habían sorprendido tratando de robar su tesoro. Pablo estaba seguro de que su vida iba a acabar allí, sobre el barco de plata, y de que, él también, acabaría enterrado en la duna. Por un momento volvió a pensar en salir huyendo. Pero se vio a sí mismo corriendo por aquella arena blanda y se dio cuenta de que no iría muy lejos.

Como en el colegio cuando era pillado en falta, esperó sin moverse. Si iba a recibir un disparo de uno de aquellos fusiles largos de las viejas fotografías, prefería no verlo.

Las lágrimas seguían empapando el *zam*, contra sus párpados y sus mejillas. Pensaba en Camilo, en Ana. Y en Naísma, a la que no volvería a tener cerca nunca...

Una mano fría tocó su frente y apartó el turbante de sus ojos.

Cuando los abrió, vio que a su lado había una silueta negra, más negra que la noche.

—Pequeño español, ¿qué hacías aquí?, ¿dormías?

Sólo entonces Pablo se dio cuenta. ¡No era un gigante!

Se trataba de uno de los conductores del camión.

Todos sus miedos, su pánico, la seguridad de que iba a morir a fusil o a puñal, se esfumaron en el aire de golpe.

Los otros dos se habían acuclillado cerca, en silencio. Pablo comprendió que, sin duda, habían vuelto a buscarle cuando, a mitad de camino hacia Smara, habían notado que no estaba entre los demás niños.

Avergonzado, sintiéndose el más tonto del mundo, Pablo pensó en sumirse en el silencio como defensa. Pero sacó la cabeza de entre los hombros:

—Buscaba el tesoro.

—¿Qué tesoro?

Se lo confesó todo. Habló de Naísma, de lo que le había dicho en la playa de Veredas, de Magalis, de los gigantes, del barco cargado de plata...

El saharaui no se rió de Pablo. Pasó una mano por su frente helada y sonrió. Tomó en el cuenco de su mano un puñado de arena y lo arrojó por la pendiente, sacudiendo la cabeza.

—Aquí no hay riquezas, pequeño español —le dijo con voz dulce y serena, después de un largo silencio—. Pero ellas no te engañaron. Aquí hay no un barco, sino un océano de plata.

Levantó la mirada. Y al mirar también hacia lo alto, Pablo se dio cuenta. Sus ojos habían estado demasiado tiempo sumidos en la arena, en el suelo, como para ver la grandeza del cielo.

Cientos, miles de estrellas apiñadas, compitiendo por un pedazo del terciopelo negro de la noche. ¡Allí estaban! Aquellas eran

LAS ESTRELLAS DE NAÍSMA,

estaba seguro.

—Ya has visto en el campamento cómo vivimos —decía el conductor—. Nuestro pueblo no tiene nada, pero lo tiene todo. Un pueblo que no inclina la cabeza tiene las estrellas en sus ojos. Y nunca será pobre porque siempre tendrá un tesoro.

Pablo no captó el significado de aquellas palabras de inmediato. Aún pensaba en el barco cargado de plata. Se resistía a creer que no estuviera allí.

—Ese es nuestro tesoro —repitió el saharaui, elevando de nuevo los ojos al cielo—: Tener la mirada alta, en las estrellas.

Pablo tardó en comprenderlo, pero sobre la duna blanda y fría, al menos, lo intuyó: se podía ser rico teniendo nada. Inmensamente rico teniendo inmensamente nada. Empezaba a entender todo lo que Naísma le había dicho en Veredas. Y también lo que le había dicho sobre las estrellas la noche anterior, ante la jaima del anciano que rezaba.

Naísma volvía a estar con él, en la cresta de la duna. Una de aquellas estrellas era ella, la «Pequeña Estrella».

Y como si fuera una revelación, de pronto se dio cuenta de la verdad: Naísma se estaba muriendo. Su mente trazó una frontera, una alta barrera de luna y arena. Una hora antes era todavía un niño: egoísta, siempre huyendo de los problemas, encerrándose en sí mismo. Ya no. El caracol mutante se estaba despojando para siempre de su cáscara.

Ahora veía todo con una extraña claridad. No sabía cómo, pero lucharía por la vida de Naísma. Y por aquello tan extraño e indefinible que sentía al pensar en ella. Y, lo consiguiera o no, lucharía por su pueblo, pobre y digno, exiliado y gigante.

Por última vez, Pablo miró hacia el suelo y volvió a levantar, ya para siempre, su rostro hacia las estrellas. Como el saharaui. Como todos los saharauis.

Silencio. Plata. Sus ojos ya no podían abrirse

más. Alargó el vaso de cristal, su ingenua pala de buscar tesoros.

—Esto es suyo.

El conductor, con un dedo índice tan largo y seco como una rama, le tocó el pecho mientras aceptaba el vaso con los otros dedos.

—Ahora ya lo sabes. Compartes el secreto con la *guessena,* con la pequeña *Nssme,* conmigo y también con los gigantes de la luna. Tú ya eres uno de ellos, para siempre.

Después de un silencio, y tras encender un pitillo, el saharaui añadió:

—Llevarás su nombre: *hilialyin.* Te llamarás *hilialyin,* si quieres.

Y arrojó un poco de arena sobre su cabeza, despacio, sin decir nada más.

Pablo se abrazó a su pecho. El turbante de aquel hombre dulce olía a incienso y leña, y esos aromas le hacían pensar aún más en Naísma.

—Nos tenemos que ir, *hilialyin* —dijo el saharaui.

Echaron a andar.

—¿Existieron? —le preguntó.

—¿Los gigantes?

Su vista se dirigió hacia el infinito.

—Sí, existieron. Hace mucho, mucho tiempo, habitaron en nuestra tierra, el desierto. Pero no aquí, no en esta cruel y áspera *hammada*. Sus tumbas se extienden por Tenyulic, Leyuad, por todo el Tiris... Yo las he visto. Debían medir más de dos metros. Pero ellos se fueron, con el mar. Tal vez pasaron por aquí...

—¿Y el barco de plata?

El saharaui rió:

—Leyendas. Pero toda leyenda...

No acabó la frase. Miraba hacia el oscuro horizonte, por donde nada se movía.

Se levantaron y el conductor tomó a Pablo, a *hilialyin,* de la mano. Mientras él miraba las estrellas una vez más, con los ojos húmedos, el conductor se volvió a agachar para decirle, muy serio:

—*Hilialyin*... qué pequeño puede parecer un gigante de la luna, si lo miras de cerca.

Y sonrió con una barca de dientes blancos entre sus labios.

Dedico este libro a todos los que dan parte de su vida por los niños saharauis, por los derechos de su pueblo.

Gonzalo Moure

Índice

Todo empezó 7
Se llamaba Naísma 15
La playa 27
El misterio del que hablaba la niña 35
Salieron al porche de la panera 49
Imposible 55
Había empezado a germinar una obsesión 61
Una semana antes 69
El desierto 77
En la jaima 87
Conocía el secreto 99
Las estrellas de Naísma 109

Nuevos títulos publicados

Serie Verde

6. *Agualuna.* **Joan Manuel Gisbert**
7. *Un amigo en la selva.* **Alfredo Gómez Cerdá**
8. *La niña de plata.* **Carmen Gómez Ojea**
9. *La isla de Nim.* **Wendy Orr**
10. *Aún quedan piratas en la Costa de la Muerte.* **Consuelo Jiménez de Cisneros**
11. *El grito de la grulla.* **Samuel Alonso Omeñaca**
12. *El misterio del colegio embrujado.* **Ulises Cabal**
13. *Caracoles, pendientes y mariposas.* **Blanca Álvarez**
    XIII Premio Ala Delta
14. *Los gigantes de la luna.* **Gonzalo Moure**
15. *Un año movido.* **Klaus Kordon**
16. *El robo de Las Meninas.* **Luisa Villar**
17. *El truco más difícil.* **Fernando Lalana**
18. *El misterio del león de piedra.* **Ulises Cabal**
19. *El vidente.* **Pilar Mateos**
20. *Gente rara.* **Ricardo Gómez**
21. *Los ríos de la luna.* **Gabriel Janer Manila**
22. *Mi abuela es africana.* **Annelies Schwarz**
23. *El volcán del desierto.* **Alfredo Gómez Cerdá**
24. *El Hombre Gris del País de las Máquinas.* **Anna Tortajada**